Mando

von Tabata Grim

ISBN: 9783738653274

1. Auflage 2015
Herstellung und Verlag:
BoD - Books on Demand
In de Tarpen 42
22848 Norderstedt
© by Tabata Grim
Lektorat: Jennifer Wagner

Verlerne nie, wie ein Kind zu lachen und zu träumen, denn wer mit reinem Herzen durchs Leben geht, wird immer wissen, was Glück bedeutet.

Kapitel 1

Zarter Sprühregen fiel auf das raue Steinpflaster der Straße. Dieser Dienstagmorgen erschien mir irgendwie trister als die Morgen zuvor. Als ich meinen Hut festhielt, um die graue, verhangene Wolkendecke erblicken zu können, spürte ich ein Stechen tief in meiner Brust. In diesem Moment wusste ich: Es ist soweit. Endlich!

Es muss sich paradox anhören, dass ich mich über einen stechenden Schmerz gefreut habe, deshalb muss ich Dir einige Dinge vorab erklären, damit Du meine Geschichte auch richtig verstehen kannst: Also zunächst mal bin ich kein Masochist, so ein gestörter Typ, der auf Schmerzen steht. Um die Wahrheit zu sagen, bin ich gar kein Mensch. Bei den Erwachsenen habe ich verschiedene Bezeichnungen wie zum Beispiel »imaginärer Freund« oder auch »Fantasiefreund« – aber du musst wissen, dass es keinesfalls Einbildung der Kinder ist, dass ich bei ihnen bin, so wie es die Erwachsenen immer zu erklären versuchen, wenn sie eines ihrer Kinder dabei beobachten, wie dieses scheinbar mit der Wand spricht. Nur Kinder, die an mich glauben, können mich sehen. Oder um es genauer zu erläutern: nur Kinder, die in Not sind, die gerade eine schwere Zeit durchmachen und einen

Freund brauchen. Dann komme ich ins Spiel. Ich bin für sie da, wenn sie meine Hilfe und Freundschaft dringend benötigen. Es ist meine Aufgabe ein solches Kind über Schmerz und Kummer hinwegzutrösten, es zum Lachen zu bringen, ihm Zuneigung und Freundlichkeit zu schenken. Es gibt sehr viele Wesen meiner Art. Wir nennen uns »Bondondos«. In meiner Welt heißt das übersetzt »Freund der Kinder«.

Vorsichtig tastete ich meine Brust ab. Das Pochen und Stechen wurden immer intensiver. Einer meiner Schützlinge schien ganz und gar verzweifelt zu sein. Ich schnürte die Schnalle meines Mantels enger um meine Hüften und machte mich auf die Suche. Forschend drehte ich mich in alle Richtungen. Um mich herum waren hupende Autos zu hören, die sich gehetzt durch den Verkehr bewegten. Eine Bäckerei in der Seitenstraße öffnete gerade ihr Geschäft. Eine der Verkäuferinnen stellte Stühle unter dem rot-weißen Pavillon herunter, der abseits etwas weiter rechts stand. Sie hatten zuvor kopfüber auf den Tischen geruht. Viel weiter hinten waren ein paar Kinder zu sehen. Drei Jungs alberten und flachsten miteinander und stießen und schubsten sich von links nach rechts. Nein, von ihnen brauchte keiner meine Hilfe. Normalerweise verspürte ich eine Verbindung, war einer meiner Schützlinge in meiner Nähe, aber in dem Moment konnte ich keine finden. Ich hielt noch kurz inne. Die Kirchturmuhr schlug. Ich zählte alle Glockenschläge. Es waren genau acht.

Ich befand mich in der wunderschönen Stadt Bad Homburg in

Hessen. Warum ich mir ausgerechnet diesen Ort zum Verweilen und Suchen ausgewählt hatte? Nun, ich hatte bisher immer mal wieder das Bundesland gewechselt. Zuletzt war ich in Nordrhein-Westfalen, Sachsen-Anhalt und Baden-Württemberg tätig gewesen. Davor waren es jedoch andere Länder wie England oder Polen gewesen, in denen ich Freunde gesucht hatte. In all dieser langen Zeit, in der ich schon in diesem Job tätig war, hatte es mich mal hier- und mal dorthin verschlagen. Ich kann nämlich alle Sprachen sprechen. Ich habe sogar schon einmal mit einem Kind aus Spanien über die Gebärdensprache kommuniziert. Ihr Name war Maria und sie war wirklich ein sehr intelligentes Mädchen.

Aber ich schweife gerade vom Thema ab! Tut mir leid. Wo war ich noch gleich stehengeblieben? Ach ja, mein Land war jetzt Deutschland. Ein wenig ungeduldig lief ich eine Seitenstraße entlang. Hier war es noch deutlicher zu vernehmen: Dieses Pochen wurde stärker! Ich befand mich also auf dem richtigen Weg. Oh Mann, war ich neugierig und aufgeregt wegen meines zukünftigen Freundes!

Ich mache diesen Job schon, seit ich denken kann, aber die Nervosität vor jedem neuen Auftrag ist immer geblieben. Bei meinem letzten Freund Jakob bin ich ganze drei Monate geblieben. Jeden Tag haben wir zusammen gespielt. Dabei haben wir immer wieder etwas neues Verrücktes angestellt: Trampolin-Hüpfen, Kissenschlachten oder Fußballspielen im Garten. Oh, wie sehr ich Jakob vermisste!

Aber nun war eine andere kleine Persönlichkeit auf meine Hilfe angewiesen.

Ich lief also eine ganze Weile immer weiter geradeaus und merkte, dass mich das Pochen aus dem Stadtzentrum Bad Homburgs hinausführte. Plötzlich hatte ich das Gefühl anhalten zu müssen. Genau hier musste es sein!

Ich biss mir auf die Unterlippe und kratzte mir den Kopf, als ich dieses große Gebäude erblickte: »Landgräfliche Stiftung« war darauf zu lesen. Ein Kinderheim! Mittlerweile wurde dieses stechende Pochen schier unerträglich für mich und ich konnte es kaum noch erwarten, meinen Schützling zu treffen, damit ich von diesen lästigen Begleiterscheinungen endlich erlöst werden würde. Rasch passierte ich den Rasen des Grundstückes und betrat schnurstracks das Gebäude. Neben dem Eingangsbereich erstreckte sich ein langer Flur, dessen gelbe Wände mit selbstgemalten Bildern von Häusern, Sonnen und Männchen verziert waren. Allesamt Kunstwerke von Kindern – unverkennbar und einzigartig …

Ich hatte leider keine Zeit mir diese genauer anzusehen, denn bei jedem Schritt zog sich nun meine Brust schmerzhaft zusammen. Mein Schützling befand sich ganz in meiner Nähe. So etwas Intensives hatte ich lange nicht mehr empfunden. Jakob, mein letzter bester Freund, hatte die Scheidung seiner Eltern verarbeiten müssen. Linda, das Mädchen, auf das ich davor aufgepasst hatte, wurde in der Schule gehänselt. Weißt Du, in meinem Job sind die Situationen und Probleme vielfältig. Ich weiß nie, was mich als nächstes erwartet. Es gibt natürlich auch viele Fälle von Krankheit, häuslicher Gewalt bis hin zu Missbrauch. Mir ist kein Thema fremd. Ich lief die große Wendeltreppe hinauf. Dort oben mussten sich die Zimmer der Kinder befinden, schlussfolgerte ich. Eilig nahm ich gleich mehrere Stufen auf einmal und durchschritt hastig den Flur. Die aneinandergereihten Türen aus Buchenholz sahen sehr neu aus und mussten wohl erst kürzlich erneuert worden sein. Sie wirkten geradezu abstrakt gegenüber den grauen Wänden und Böden, von denen der Putz bereits hinunterfiel. Ein wenig mulmig war mir zumute, als ich mit der Hand an jeder Tür entlangstrich. Lautes Gelächter und Stampfen waren ein paar Meter weiter vor mir zu hören. Einige Kinder spielten ausgelassen Fangen. Doch keines von ihnen schien mich wahrzunehmen. Sie rannten an mir vorbei, ohne mich eines Blickes zu würdigen. Schließlich trampelten sie die Treppe hinunter.

In Bad Homburg waren Schulferien. So viel hatte ich mittlerweile auch schon mitbekommen. Also schön, dachte ich und lief weiter geradeaus, bis sich auf einmal alles in mir eigenartig verknotete und zusammenzog, als ich bei der vorletzten Tür auf dem Gang angelangt war. Hier drin war also mein nächster Auftrag. Höflich, wie ich nun einmal war, klopfte ich an die Tür. Niemand außer meinem Schützling konnte dieses Geräusch bemerken.

»Herein!«, sagte eine zarte Stimme zaghaft.

Ich tat, wie mir geheißen. Da saß sie auf ihrem Bett, ihr Gesicht war ausdruckslos, doch ebenso wunderschön und lieblich. Das kastanienbraune Haar fiel ihr bis auf die Schultern hinab.

»Hallo!«, sagte ich und kratzte mir verlegen den Hinterkopf. So unsicher war ich vor jedem Auftrag, da ich nie wusste, wie ein Kind auf mich reagieren würde. Bisher hatte ich zwar immer Glück gehabt und war herzlich von ihnen aufgenommen und akzeptiert worden, aber man wusste ja nie …

»Hallo«, sagte das Mädchen nun ebenfalls. Dabei verzog es nach wie vor keine Miene.

»Ähm, mein Name ist Mando. Mando Bondondo. Und wie heißt du?«, fragte ich lächelnd.

Die Kleine musterte mich ein wenig skeptisch von oben bis unten und meinte dann: »Ich heiße Hannah.«

Sogleich nahm ich meinen Filzhut für einen kurzen Moment vom Kopf, verbeugte mich ehrfürchtig, ehe ich ihn wieder aufsetzte, und trat näher heran. Mit großen Augen starrte Hannah mich an und wirkte dabei sehr verunsichert. So schien es mir jedenfalls. Ich entdeckte nun drei niedliche Sommersprossen auf ihrer Nase, die sie frecher wirken ließen, als sie wahrscheinlich war.

»Es freut mich sehr, Hannah«, erwiderte ich fröhlich mit einem Grinsen und setzte mich auf ihr Bett.

Wieder schwieg sie. Das war wahrlich keine einfache Situation für mich. Dieses Mädchen wirkte verschlossen und in sich gekehrt – so war es natürlich bei den meisten Heimkindern, die ich hatte. Zuerst musste ich ihr Vertrauen gewinnen. Als Profi beschloss ich einen meiner berühmten Tricks anzuwenden. Verheißungsvoll sah ich das Mädchen an, griff mit einer Hand in meinen Ärmel und zog einen bunten Blumenstrauß aus Pappmaché hervor. Dann beobachtete ich selbstzufrieden ihren erstaunten Gesichtsausdruck.

»Wow«, flüsterte die Kleine. Tatsächlich hob sie ihre Mundwinkel zu einem Lächeln an.

Ich war glücklich. Sofort führte ich meine kleine Zaubershow fort, indem ich mit einem Fingerschnippen einen Luftballon in meiner Hand erscheinen ließ.

Hannahs Lächeln wurde breiter. »Wie hast du das gemacht?«, wollte sie mit offenem Mund von mir wissen.

»Ein guter Zauberer verrät nie seine Tricks«, antwortete ich lachend und hob eine Augenbraue.

»Woher kommst du, Mando?«

»Ich bin überall und nirgends zu Haus, weißt du. Ich komme zu den Kindern, die mich brauchen und jetzt bin ich bei dir.«

»Du bist nur wegen mir gekommen?«, wollte Hannah ungläubig von mir wissen, wackelte auf ihrem Bett hin und her und verursachte damit ein Knarren.

»Ja«, gab ich zurück und sah ihr lächelnd in die Augen. »Ich möchte von nun an dein Freund sein und werde so lange bei dir bleiben, wie du mich eben brauchst.«

Einen Moment trat wieder Stille zwischen uns ein, bis ein Klopfen an der Tür sie durchbrach.

»Hannah, Kleines! Es hat schon vor einer Viertelstunde Mittagessen gegeben. Möchtest du nicht herunterkommen?«, erklang die freundliche Stimme einer Erzieherin, die während ihres Satzes die Tür geöffnet hatte und eingetreten war. Ich sah mir die Frau ein wenig genauer an. Sie war ausgesprochen groß, gertenschlank, noch jung und ihr krauses Haar schimmerte golden im Tageslicht. »Ich habe dich gerade mit jemandem reden hören«, warf sie schnell hinterher und schaute sich im selben Moment im Zimmer um.

»Ja, mit Mando, meinem neuen Freund«, erklärte Hannah und deutete mit ihrem Kopf in meine Richtung.

»Sie kann mich nicht sehen, Hannah. Nur du kannst das!«, erklärte ich ruhig.

Die Frau trat näher an uns heran, ihre Gesichtszüge waren weich. »Ach so! Mando heißt er? Und wie sieht er aus?«, fragte die Erzieherin schmunzelnd.

»Er ist sehr groß, hat langes dunkles Haar bis zu den Schultern, trägt einen schwarzen Hut und hat ein kariertes Hemd an«, beschrieb Hannah mich äußerst treffend.

»Wie heißt sie denn überhaupt?«, wollte ich nun wissen. Wenn sie so viel über mich erfahren wollte, dann konnte sie mir ja zumindest ihren Namen sagen!

»Er möchte Ihren Namen wissen.«

Die Frau lachte auf. »So, so! Da hast du aber einen sehr neugierigen Freund.«

Einen neugierigen Freund?, dachte ich. Wer stellt denn unentwegt Fragen?

»Na gut, Mando. Mein Name ist Frau Elsbach. Silvia Elsbach«, entgegnete sie amüsiert und schaute durch mich hindurch. »Wenn du zum Essen runterkommst, kannst du deinen Freund gern mitbringen, okay?«

Hannah nickte. »In Ordnung, Frau Elsbach. Ich komme gleich nach unten.«

Silvia strich mit einem Finger über Hannahs Wange. »Schön! Dann bis gleich«, flüsterte sie und verließ einige Sekunden darauf das Zimmer.

Erst jetzt nahm ich mir die Freiheit meinen Blick durch den Raum schweifen zu lassen, wobei die Bezeichnung »Kämmerlein« treffender gewesen wäre. Die Einrichtung bestand aus einem Bett, einem Kleiderschrank sowie einem kleinen Tisch, einem Holzstuhl und einer Kommode, sonst nichts. Nicht ein einziges Spielzeug war zu entdecken. Das war wirklich mehr als trostlos. Die arme Kleine!

Ruckartig sprang Hannah vom Bett. »Komm, Mando! Wir gehen in den Speisesaal und essen eine Kleinigkeit«, sagte das Mädchen fröhlich und nahm meine Hand.

Kapitel 2

Auf dem heutigen Speiseplan der gräflichen Stiftung standen Spaghetti Bolognese und zum Nachtisch gab es Wackelpudding. Ich stellte mich schön brav in eine Ecke und sah Hannah und den anderen Kindern beim Essen zu, nachdem ich ihr erklärt hatte, dass Bondondos nicht essen und trinken mussten. Der Glaube der Kinder war unsere einzige Nahrung. Ich zählte genau acht Mädchen und sechs Jungs, die an einem großen, langen Tisch saßen. Wie ich es auch schon aus anderen Waisenhäusern kannte, waren verschiedene Altersgruppen und Nationalitäten vertreten. Das wilde Geplapper der Jungen und Mädchen war wie Musik in meinen Ohren. Sie alle wirkten in diesem Augenblick trotz der Umstände, in denen sie sich nun einmal befanden, relativ fröhlich. Jeder hatte jemanden zum Reden – außer meiner Hannah. Sie schien eindeutig die Außenseiterin dieser Gruppe zu sein. Aber dafür hatte sie ja jetzt mich.

Erzieherinnen entdeckte ich genau drei an der Zahl, die den Platz am Ende der Tafel eingenommen hatten. Direkt neben Silvia saß eine ältere Dame, die ihr graues Haar zu einem strengen Knoten zusammengebunden hatte. Auf ihrer Nase ruhte eine überdimensional große Brille. Dann war da noch eine stabilere, rothaarige Frau, die ein bisschen ernst dreinschaute. Ich war froh, als Hannah sich nach dem Essen bei Frau Elsbach zum Rausgehen abmeldete. Es hatte Gott sei Dank aufgehört zu regnen und so spielten wir vor der Einrichtung im Garten. Vergnügt sprang ich im Gras auf und ab und zeigte Hannah, dass der aufgeweichte, nasse Rasen aus den Seitenrillen meiner Schuhe Wasserspritzer abgab, sobald ich fest genug draufsprang. Es war in etwa das gleiche Prinzip wie bei einem vollgesogenen Schwamm.

Sie musste kichern. »Hey, was machst du denn da? Deine und auch meine Hose werden ganz nass.«

»Na und?!«, erwiderte ich. »Das macht riesigen Spaß. Versuch es mal!«, forderte ich Hannah auf, nahm ihre Hand und führte mit ihr einen meiner berühmten Matsch-Tänze auf. Immer höher und wilder sprangen wir durch das Gras und den Matsch. Die Sonne lugte zwischen den Wolken hervor und küsste unsere Köpfe mit ihren warmen Strahlen. Die Luft roch nach Frische und Frühling. Irgendwann, als wir nicht mehr konnten, steuerten wir einen dicken Baumstamm einige Schritte weiter vor uns an, auf den wir uns japsend plumpsen ließen.

»Frau Korriander wird mich umbringen, wenn sie meine schmutzige Wäsche sieht!«

»Wer ist Frau Korriander? Ist es die dicke Frau oder die ältere?«

»Die Dicke«, antwortete Hannah und rollte ihre Augen.

17

»Nun, die weiß eben nicht, was Spaß macht. Sie war auch mal ein Kind wie du. Sie hat es nur leider vergessen …«, gab ich wohl wissend zurück und klopfte leicht auf Hannahs Schulter.

»So wird es wohl sein«, kicherte das Mädchen und klopfte mir nun ebenfalls auf die Schulter. Nachdenklich blickte Hannah mich kurz darauf an. »Darf ich dich etwas fragen, Mando?«

»Natürlich. Alles, was du willst«, versicherte ich gelassen und mit einem schiefen Grinsen.

»Wie alt bist du? Ich meine, du bist keine acht Jahre alt, so wie ich. Du bist älter. So alt wie Frau Korriander bist du …«

Ich zog eine Grimasse. »Oh … Nein, ganz bestimmt nicht! Ich muss doch sehr bitten!« Ich war ein bisschen empört.

»Nein, du hast mich nicht ausreden lassen. Ich meinte, du könntest in etwa so alt wie Silvia sein, nicht wie Frau Korriander! Ich glaube Frau Elsbach ist um die zwanzig Jahre alt oder so … Du hast auch irgendwie Ähnlichkeit mit dem älteren Bruder meiner früheren Schulfreundin Mandy.«

»Ich habe kein Alter, Hannah. Ich bin immer schon so gewesen, wie ich jetzt bin. Mit Zahlen kann ich nichts anfangen.«

Interessiert nickte das Mädchen mir zu.

Ich werde niemals ihre großen, rehbraunen Augen vergessen. Immer wenn ich hineinsah, erkannte ich so viel Seele, Leben und auch Schmerz, was mir jedes Mal aufs Neue einen heftigen Schlag in die Magengrube versetzte. »Darf ich dich auch etwas fragen, Hannah?«,

18

ergriff ich nach ungefähr einer Minute des Schweigens das Wort, streckte eine Hand nach ihrer Hand aus, um diese schützend zu umschließen.

Das Mädchen nickte bloß.

»Was genau ist passiert, dass du hier bist? Was ist mit deinen Eltern?« Ich wusste, dass diese zwei Fragen sehr direkt und dem Kind wahrscheinlich unangenehm waren, aber wenn ich voll und ganz zu ihr durchdringen wollte, um ihr zu helfen, musste ich einfach wissen, was geschehen war.

Hannah seufzte. »Also meinen Vater habe ich nie kennengelernt. Mama sagte, er hätte uns vor meiner Geburt verlassen.« Einen Moment hielt sie inne, als ob sie über ihre nächsten Worte nachdenken müsse.

Aufmerksam und geduldig wartete ich ab und umschloss ihre Hand noch fester.

»Meine Mutter trinkt viel Alkohol. Sie sagte immer zu mir, sie müsste das trinken, damit es ihr besser gehe, aber ich habe nicht einmal gemerkt, dass das stimmen würde und …« Hannah ließ ihren Satz abreißen und schaute betrübt zu Boden, ehe sie fortfuhr.

Ich merkte, wie sie versuchte, ihre Tränen einfach wegzuatmen.

»Es wurde irgendwie immer schlimmer mit ihr. Entweder sie trank oder sie schlief. Irgendwann, als das Jugendamt merkte, dass ich nicht mehr zur Schule ging, holten sie mich ab und brachten mich hierher. Das ist jetzt etwa zwei Monate her«, beendete sie ihren Satz.

Ich rückte näher an sie heran, hob ihren gesenkten Kopf und schaute in ihr kleines, nasses Gesicht. »Es wird alles wieder gut, Hannah. Ich bin jetzt bei dir, deshalb kann von nun an alles nur besser werden. Ich habe schon unendlich viele Kinder wieder glücklich gemacht«, sagte ich aufmunternd zu ihr und wischte mit meinem Finger ein paar Tränen aus ihrem Gesicht. »Ich bin nämlich der Garant für ein Happy End!«

»Der Garant … Was?«, wiederholte Hannah nun.

»Ein Garant ist eine Garantie, eine Sicherheit, dass sich alles zum Guten wenden wird. Das ist die einzigartige Kraft eines Bondondos!«, versicherte ich lächelnd und stupste meine Schulter gegen ihre Schulter. Schnaubend und ein wenig belustigt gab sie mir einen Stupser zurück.

»Weißt du, meine Mutter hat mich in den letzten Wochen im Heim nicht besuchen können, weil sie wohl in eine Klinik gegangen ist, zu Ärzten, die ihr helfen können. Jedenfalls hat sie mir das zuletzt versprochen.«

»Mh …«, machte ich und rieb mir das Kinn. »Hast du noch Onkel, Tanten oder Großeltern, die dich besuchen können?«, fragte ich mit zugeschnürter Kehle. Eigentlich konnte ich mir die Antwort ausmalen …

»Nein, meine Mutter hat leider keine Familie mehr.«

Ich schluckte nun still den dicken Kloß in meinem Hals hinunter. Sie hatte niemanden außer mir!

Aufgeregtes Flattern in den Bäumen über uns war nun zu hören. Dort oben stritten zwei Tauben um einen bestimmten Ast in der Baumkrone.

»Wo genau kommst du eigentlich her? Ich meine, es muss doch auch für dich einen bestimmten Ort gegeben haben, an dem du geboren wurdest!«, wechselte Hannah jetzt das Thema und sah mich gespannt an.

»Ich wurde durch den Traum eines Kindes in diese Welt getragen. Unbegrenzte Fantasie war meine Geburtsstunde. Weißt du, ich stamme … Oder vielmehr wir Bondondos stammen aus einer rosafarbenen Dimension. Es gibt da Bäume, die aussehen wie Zuckerwatte und Wolken schweben dir mitten ins Gesicht. Du kannst einfach auf sie draufspringen und dich tragen lassen«, schwärmte ich und legte den Kopf in den Nacken, um die Regentropfen auf den Blättern der dicken Eiche über uns beobachten zu können, die im Licht der Sonne funkelten und glitzerten wie dutzende Edelsteine.

An diesem Nachmittag wurden Hannah und ich beste Freunde. Ich weiß noch, als wäre es gestern gewesen, wie wir uns erst in die Hände gespuckt und anschließend unsere Finger miteinander verschränkt haben, um dieses Versprechen mit einem feuchten Händedruck zu besiegeln.

Kapitel 3

Die restliche Osterferienwoche verbrachten Hannah und ich jeden Tag miteinander. Es war herrlich und das Mädchen taute zu meiner Freude mehr und mehr auf, war viel fröhlicher als am Anfang. Das ist immer der Beweis für mich, dass ich alles richtig mache. Die meiste Zeit verbrachten wir auf ihrem Zimmer, wo wir Fangen spielten oder uns mit Kissen bewarfen, bis Hannah sogar einmal Ärger von Frau Korriander bekam, weil zu viele Federn aus den Kissen gefallen waren. Also hörten wir damit auf.

Da Hannah erst acht Jahre alt war, durfte sie sich nicht ohne Aufsicht von der Heimanlage fortbewegen. Heimanlage! Was für ein blödes Wort! Das klang nach einer Strafanstalt ... Deshalb spielten wir meist auf den Grasflächen des Grundstücks und unter unserer dicken Eiche, abseits von den anderen Kindern. Sie alle waren meistens mit ihren Bällen, Puppen und Seilchen beschäftigt und warfen Hannah nur ab und an neugierige Blicke zu.

Veronika, ein rothaariges Mädchen mit Zöpfen, hatte Hannah einmal sogar gefragt, ob sie mit ihr und den anderen Mädchen Twister spielen wolle, doch sie hatte abgelehnt, da sie lieber mit mir hatte spielen wollen. Ich traute mich nie Hannah zu fragen, warum sie bis auf einen Teddybären, den ich unter ihrer Bettdecke entdeckt hatte, keine Spielsachen besaß. Im Grunde war es ja nicht weiter schlimm, denn wir hatten auch so eine Menge Spaß. Verstecken und *Ich sehe was, was du nicht siehst* gehörten zu unseren Lieblingsspielen, wobei ich bei *Ich sehe was, was du nicht siehst* immer gewann, da ich immer Sachen sah, die ihr nicht aufgefallen waren, wie zum Beispiel winzig kleine Käfer im Gras. Oder auch einmal eine grüne Raupe, die an der Baumrinde hinaufgeklettert war. Ein paar Spiele von mir, die Hannah noch nicht kannte, wie das Grimassenschneiden, hatten sie immer zum Lachen bringen können. Auch hierbei habe ich mit meinem riesigen Fischmaul und meiner Schweinenase immer gewonnen. Ihr Lachen dabei war der schönste Klang in meinen Ohren gewesen, weil es immer tief aus dem Herzen kam …

Eines Abends vertrieben wir uns die Zeit bis zum Essen damit, unten im Flur eine Partie Verstecken zu spielen. Während Hannah schön brav bis dreißig zählte, suchte ich mir einen coolen Platz in der Nische eines Korridors, der zur Küche führte. Dort wurde ich ungewollt Zeuge eines Gesprächs zwischen Silvia und Frau Korriander, der dicken rothaarige Dame. Die beiden Erzieherinnen bereiteten gerade in der Küche das Abendessen für die Kinder zu.

»Ich weiß nicht, was in letzter Zeit mit Hannah los ist. Sie zieht sich immer mehr zurück. Ich habe sie schon ein paarmal dabei beobachtet, wie sie mit sich allein Fangen gespielt und geredet hat. Ich meine, die Kleine wird in ein paar Tagen neun Jahre alt und sollte keinen Fantasiefreund mehr haben. Sie kapselt sich von den anderen Kindern ab und das ist nicht gut!«, hörte ich Frau Korriander sagen.

»Die Kleine ist einsam und bekommt als einziges Kind nie Besuch. Es ist nur allzu verständlich, dass sie einen Freund braucht. Wir sollten sie noch ein bisschen in ihrer Fantasiewelt leben lassen, finde ich«, entgegnete Silvia in einem mitfühlenden Tonfall. »Wenn wir nicht gnadenlos unterbesetzt wären, hätte ich mehr Zeit für das arme Mädchen«, fügte sie noch hinzu.

Ich biss mir auf die Unterlippe und kehrte dann zu Hannah zurück – nach fünf verstrichenen Minuten hatte sie mich nämlich immer noch nicht gefunden. Dann bekam ich plötzlich mit, wie Peter, ein Junge aus der Heim-Gruppe, anfing meine Hannah zu schubsen. Was war da wohl passiert?

»Du bist eine blöde Spinnerin!«, rief er Hannah höhnisch zu und lachte dann.

»Nein, bin ich nicht!«, gab sie wütend zurück und verpasste diesem frechen Burschen nun ihrerseits einen Schubser. Binnen weniger Sekunden bildeten alle Kinder einen Kreis um Hannah und Peter, da sie sich dieses Schauspiel nicht entgehen lassen wollten.

»Spinnerin, Spinnerin!«, geiferte Peter.

Das machte Hannah noch wütender. Ich erkannte, wie sich ihre Augen immer mehr verengten.

»Hannah, lass dich nicht von diesem Dummbeutel ärgern!«, rief ich ihr zu. Ich wollte sie von dort weg, zu mir locken.

Hannah sah mich an und entgegnete mir: »Nein, er hat dich und mich beleidigt!«

»Oh, redest du wieder mit deinem Gespenst, du blöde Ziege?«, spottete der Junge.

»Er ist kein Gespenst!«

Mann, hatte ich vielleicht eine Wut im Bauch! Das Blöde war nur, dass ich Hannah nicht helfen konnte. Es tat weh, so tatenlos mit ansehen zu müssen, wie immer mehr Kinder lachten und mit dem Finger auf sie zeigten.

»Hannah ist 'ne Spinnerin! Hannah ist 'ne Spinnerin!«, johlten sie alle im Chor.

Nun reichte es mir. Ich ging zu Hannah, baute mich hinter ihr auf und legte schützend meine Arme um ihre Schultern. Dabei merkte ich, wie ihr Körper vor Traurigkeit und Wut zu zittern begann und sie anfing zu weinen.

»Was ist denn hier los?«, erklang Silvias Stimme.

Endlich!

»Alle Mann, Abmarsch zum Speisesaal!«, tadelte sie aufgebracht.

Die höhnischen Rufe verstummten. Ohne ein Wort kam die Meute Silvias Aufforderung nach. Mit schüttelndem Kopf, so als könne sie das, was hier gerade geschehen war, nicht fassen, wandte sich die Erzieherin nun Hannah zu. Vorsichtig ging Silvia vor ihr in die

Hocke und strich dem Mädchen über das Haar.

»Lass dich von Peter nicht ärgern, Kleines! Ich bin mir nämlich ziemlich sicher, dass er diesen Aufruf angezettelt hat. Es wäre zumindest nicht das erste Mal gewesen, dass Peter für etwas derart Lautstarkes verantwortlich gewesen wäre.«

Sofort griff Hannah nach dem Taschentuch, das Silvia aus ihrer Hosentasche zog, und schniefte angestrengt hinein.

Abends, als alle Kinder bereits auf ihren Zimmern waren, kam Silvia noch einmal bei uns vorbei. Ich zog mich auf den alten Holzstuhl in der Ecke des Raumes zurück, als ich ihren Kopf durch den Türspalt lugen sah. Ich war mir sicher, dass Hannahs Betreuerin sich noch einen Moment zu ihr ans Bett setzen wollte, um zu reden.

»Darf ich mich einen Moment zu dir setzen, Schätzchen?«, fragte sie.

Hannah ließ ihre Beine von der Bettkante baumeln und antwortete: »Sicher, Frau Elsbach!«

»Du kannst ruhig Silvia zu mir sagen«, erwiderte die Frau mit warmer Stimme und nahm direkt neben Hannah Platz. Ruhig sah sie dem Mädchen in die Augen, atmete lange aus und strich ihr sanft eine Haarsträhne aus dem Gesicht. »Hör mal, mach dir bitte keinen Kopf mehr wegen der Sache mit den anderen Kindern, ja?«

Hannah setzte ein zaghaftes, gezwungenes Lächeln auf, gab jedoch keine Antwort.

»Du bist etwas Besonderes, Hannah. Lass dir bitte von niemandem etwas anderes einreden, okay?«

Ich beobachtete Silvias Gesichtszüge. Sie war vollkommen ernst und eine tiefe Überzeugung lag darin. Das waren nicht nur Worte, die ein trauriges Kind trösten sollten. Silvia schien Hannah ganz besonders ins Herz geschlossen zu haben. »Fantasie ist so wichtig, mein Schatz. Bitte bewahre sie dir, so lange es geht, egal wie die anderen das finden. Du bist gut, wie du bist. Hörst du?« Liebevoll legte Silvia einen Arm um Hannah, die nun lächeln musste – genau wie ich.

»Danke, Silvia!«

»Ist schon gut, Liebes. So, jetzt ist es Zeit schlafen zu gehen«, fügte sie augenzwinkernd hinzu.

»Silvia?«, meldete Hannah sich noch einmal zu Wort, als diese sich bereits an der Zimmertür befand.

»Ja, mein Schatz?«, flüsterte die junge Frau und drehte sich nochmal um.

»Es gibt ihn wirklich. Er existiert! Glaubst du mir das?« Silvia hielt einen Moment inne und formte ihre Lippen erneut zu einem Lächeln.

»Ja, wenn du es sagst, dann wird es auch stimmen. Jetzt schlaf, meine Süße!« Mit diesen Worten verließ die Erzieherin das Zimmer.

»Mando, wenn Silvia jetzt auch an dich glaubt, kann sie dich dann auch sehen?«, fragte mich das Mädchen mit riesengroßen Augen.

Ich stand von meinem Stuhl auf und ging rüber zu ihr ans Bett.

»Das ist nicht so einfach, Hannah. In der Regel können mich nur Kinder sehen, da diese am innigsten glauben. Außerdem kann mich immer nur die Person sehen, auf die ich gerade aufpasse. Und das bist jetzt du«, antwortete ich.

Wieder war es dieser traurige Ausdruck in ihren Rehaugen, der mir augenblicklich einen Seitenhieb verpasste.

»Wie lange bleibst du denn bei mir? Ich möchte nicht, dass du irgendwann gehst!«

Ich stieß einen Seufzer aus und rückte noch ein Stück näher an sie heran. Hannah lag schon ausgestreckt auf ihrem Bett, also deckte ich sie vorsichtig zu, denn sie sollte nicht frieren. »Ich bleibe so lange bei dir, bis du glücklich bist und mich nicht mehr brauchst.«

»Ich werde dich aber immer brauchen!«

Behutsam strich ich mit meiner Hand über Hannahs Stirn und zog die Decke noch ein kleines Stückchen weiter nach oben, damit ihre Schultern bedeckt blieben.

»Irgendwann wird es ganz von allein geschehen … Du wirst dein eigenes Leben führen, älter werden und mich einfach vergessen. So ist es bei all meinen Schützlingen gewesen.«

»Nein, ich werde dich niemals vergessen!«, versicherte mir Hannah mit fester Stimme und gab mir einen leichten Kneifer in die Nase.

Ich lachte und kniff zurück. Eine ganze Weile alberten wir hin und her, bis Hannah wieder ernst wurde: »Macht es dich nicht traurig, dass sie dich alle vergessen haben?«

Ich atmete ruhig aus. »Im ersten Moment vielleicht schon ein wenig«, gestand ich. »Aber dann bin ich glücklich, weil ich weiß, dass sie ihr Happy End gefunden haben und das heißt, dass ich alles richtig gemacht habe.«

Dann schwiegen wir. Ich beugte mich leicht nach vorn, um den Schalter der Nachttischlampe zu betätigen. Dann wollte ich mich auf den Weg zurück zu meinem Holzstuhl machen, als Hannahs kleine Hand mich am Arm festhielt.

»Kannst du solange hier bleiben, bis ich eingeschlafen bin, Mando?«, wisperte sie mir zu.

»Ja, sicher«, flüsterte ich zurück und nahm Hannah in den Arm.

»Mando?«

»Ja?«

»Ich glaube, meine Mama kommt mich in drei Tagen zu meinem Geburtstag besuchen. Ich bin ganz sicher, dass sie mich überraschen will.«

»Oh Mann, das klingt echt cool. Ich freue mich schon sehr darauf, deine Mutter kennenzulernen!«, erwiderte ich und stellte fest, dass Hannah bereits eingeschlafen war.

Kapitel 4

Die Ferien waren nun zu Ende und die Schule ging wieder los. Jeden Morgen fuhr Hannah mit dem Schulbus, der alle Kinder des Heimes einsammelte, um sie zur Kettler-Franke-Schule, die nur etwa zehn Minuten mit den öffentlichen Verkehrsmittel entfernt lag, zu befördern. Es war natürlich schade, dass wir nun nicht mehr so viel Zeit miteinander verbringen konnten, aber umso mehr freute ich mich jeden Tag darauf, Hannah nachmittags von der Schule abholen zu können, um dann anschließend zusammen mit ihr zurück zur gräflichen Stiftung zu fahren. Wenn sie ihre Hausaufgaben machte, zog ich mich ruhig auf meinen Holzstuhl zurück und wartete ungeduldig darauf, dass sie endlich fertig war, damit wir spielen konnten. Hannah hatte mir einmal erzählt, dass sie in ihrer Schulklasse eine Freundin hatte, mit der sie immer die Pausen verbringen würde. Aber Hannah brachte sie nie auch nur einen einzigen Nachmittag zum Spielen mit ins Heim. Es war zwar egoistisch von mir, das wusste ich, aber insgeheim war ich froh darüber, denn so hatte ich Hannah ganz für mich alleine.

Die nächsten Nachmittage waren regenverhangen. Das hielt uns aber nicht davon ab, nach draußen zu gehen und einen unserer berühmten Matsch-Tänze aufzuführen – sehr zum Leidwesen von Frau Korriander. Zu den Essenszeiten erklangen im Speisesaal mindestens einmal Peters Lästereien: »Spinnerin« und andere Gemeinheiten gab er von sich. Aber Silvia wies ihn dann jedes Mal in seine Schranken. So verebbte das dumme Gerede der Kinder nach und nach.

An diesem Donnerstagmorgen, als Hannah noch in ihrem Bett lag und schlief, bereitete ich alles vor. Sicherlich hatte ich es ein Dutzend Mal im Kopf durchgespielt, denn ich wollte Hannah die schönste Geburtstagsüberraschung bieten, die sie je erlebt hatte: An jedem der Bettpfosten befestigte ich Luftballons, Luftschlangen verteilte ich auf Kommode, Stuhl, Schrank und auch auf ihrer Bettdecke. Nun musste ich nur noch abwarten, bis sie aufwachen würde. Mann, ich konnte es kaum erwarten, ihr Gesicht zu sehen! Die würde vielleicht Augen machen, sagte ich mir. Ich ließ mich auf einem freien Eckchen am Ende des Bettes nieder, um sie im Auge behalten zu können. Dann plötzlich begann Hannah zu blinzeln. Eine Woge der Heiterkeit überkam mich in dem Moment, als sie ihre Augen öffnete, sich aufsetzte und ihren Blick überrascht durch den Raum schweifen ließ.

»Überraschung!«, rief ich ihr fröhlich zu, hechtete schnurstracks zu Hannah hinüber und umarmte sie vergnügt. »Happy Birthday!«

Nach der Schule hatte Hannah es ganz besonders eilig ihre Hausaufgaben zu machen, denn sie wollte nach unten in die Eingangshalle. Der Platz am Flurfenster bot den besten Ausblick auf den Parkplatz, auf dem Besucher parken konnten. Ihre kleine Nase gegen das Fenster gedrückt, stierte Hannah ungeduldig nach draußen. Dicht hinter ihr stehend hielt ich ebenfalls Ausschau.

»Ich weiß, dass meine Mama heute kommen wird, Mando! Ich freue mich schon seit Wochen auf diesen Tag«, erzählte sie mir unruhig.

Ihre Aufregung steckte mich regelrecht an. Und so warteten wir beide auf das, was kommen würde. Es verging eine Stunde, in der nichts geschah, dann zwei weitere, in denen diverse Angehörige und Freunde von Hannahs Mitbewohnern die Eingangshalle betraten – aber keine Spur von Frau Engeler, Hannahs Mutter. Einige Tage zuvor hatte Hannah mir noch ein relativ aktuelles Foto ihrer Mutter gezeigt. Dieses Bild hütete sie wie einen Augapfel. In einer kleinen Schachtel in der Schublade ihres Nachttisches bewahrte sie es auf. Nach geschlagenen drei Stunden war unsere Lage unverändert. Wie sehr ich doch hoffte, dass Frau Engeler noch kommen würde! Das war doch alles, was Hannah sich zu ihrem Geburtstag wirklich wünschte.

Irgendwann bemerkte ich Silvia, die plötzlich hinter Hannah stand und vorsichtig nach dem Arm des Mädchens griff. »Mein Schätzchen, deine Mutter kommt leider nicht«, sagte sie mit belegter Stimme und drehte Hannah leicht zur Seite, weg von dem Fenster, damit sie ihr in die Augen sehen konnte.

»Hat meine Mutter angerufen?«, wollte Hannah wissen.

Betrübt blickte Silvia zu Boden. »Nein, Kleine, tut mir leid. Bisher noch nicht. Ich habe aber einen Kuchen für dich gebacken. Komm, wir genehmigen uns zusammen ein Stück. Keines der anderen Kinder weiß etwas davon. Das ist unser Geheimnis.«

Hannah schien nach den Worten *Bisher noch nicht* überhaupt nicht mehr hinzuhören, was die Betreuerin sich alles hatte einfallen lassen, um sie aufzumuntern. Es war so, als wäre Hannah gedanklich kilometerweit entfernt. Gerade als Silvia nach den Händen des Mädchens fasste, riss Hannah sich geistesabwesend von ihr los und rannte die Treppe nach oben in ihr Zimmer.

»Hannah!«, rief Silvia ihr nach, doch sie reagierte nicht. Rasch sprintete ich hinterher und fand meine Freundin schließlich bäuchlings auf ihrem Bett liegend vor, den Kopf in das Kissen gedrückt. Herzzerreißendes Wimmern und Schnäuzen waren zu hören. Es ging mir durch Mark und Bein. Ich konnte ihren Schmerz förmlich fühlen und der war schier unerträglich.

»Hannah!«, sagte ich nur und setzte mich zu ihr aufs Bett. Wie konnte ich ihr nur helfen? Was konnte ich bloß tun, damit es ihr wieder besser gehen würde, fragte ich mich und rieb mir die Stirn.

»Sie hat nie vorgehabt zu kommen, Mando«, schluchzte Hannah in ihr Kissen.

Langsam streichelte ich ihren Hinterkopf. »Das kannst du doch gar nicht genau sagen. Vielleicht befindet sie sich ja noch immer in

33

einer Klinik«, meinte ich in einem krampfhaft aufbauenden Tonfall.

Mit einem Mal setzte sich Hannah ruckartig auf und starrte mich hoffnungsvoll an. »Meinst du?« Wie ein ängstliches, kleines Häschen kroch sie auf meinen Schoß. Dann sah sie mich mit diesem erwartungsvollen Blick an, der Eisberge zum Schmelzen hätte bringen können. Leicht zupfte sie nun an einer meiner Haarsträhnen.

»Ja, ganz bestimmt«, erwiderte ich und begann sie sanft von links nach rechts zu wiegen. Nach einigen Minuten – ich dachte Hannah sei längst in meinem Arm eingeschlafen – sagte sie dann: »Ich habe einen Plan, Mando!«

Das klang in der Tat sehr verheißungsvoll. »Welchen denn?«

»Wir beide werden morgen auf dem Weg zur Schule abhauen.«

»Wie meinst du das, abhauen?«

»Wir fahren morgen nach Frankfurt und suchen meine Mutter!«

Kapitel 5

Entschlossen nahm Hannah am nächsten Morgen ihre Schulbücher und das Federmäppchen aus dem Schulranzen und stopfte die Sachen unter einen kleinen Berg unsortierter Wäsche in ihren Kleiderschrank. Ein Shirt sowie eine Zahnbürste und ihr Teddybär lagen bereits ausgebreitet auf ihrem Bett. Mit schnellen Handriffen manövrierte Hannah alle Sachen in den Ranzen.

Ein wenig skeptisch beobachtete ich das Szenario. »Meinst du wirklich, dass das eine gute Idee ist, Hannah?«, fragte ich sie, während ich verunsichert beide Hände in meine Hosentaschen steckte und im Zimmer auf und ab ging, so ähnlich wie ein Tiger im Käfig.

»Ja, das ist der einzige Weg um herauszufinden, wie es Mama geht. Und vielleicht kann ich dann auch schon zurück zu ihr«, entgegnete das Mädchen überzeugt und zog den Reißverschluss des Ranzens zu, nachdem alle Dinge verstaut waren. Anschließend lud sie sich ihr Gepäck auf die Schultern, nahm meine Hand und marschierte zügig die Treppe zur Küche hinunter. Dort schmierte sie wie jeden Morgen üblich Salamibrote. Da diese heute nicht für die Schule, sondern als Reiseproviant dienen würden, bereitete sie vier statt nur zwei Brote zu und schnappte sich außerdem eine Wasserflasche aus dem Kühlschrank. Auch diese Dinge legte sie sorgfältig in ihren Schulranzen.

Etwa eine halbe Stunde nach dem gemeinsamen Frühstück der Gruppe befanden wir uns auch schon im Bus. Dieses mulmige Gefühl in mir ließ immer noch nicht nach. Ich wollte kein Spielverderber sein, deshalb beschloss ich meine Bedenken für mich zu behalten. Zu gut konnte ich die Kleine, aus einem anderen Blickwinkel heraus betrachtet, wiederum verstehen. Hannah wollte einfach nur bei ihrer Mutter sein.

Als der Bus schließlich an der Kettler-Franke-Schule anhielt, warteten wir ab, bis alle Kinder ausgestiegen waren, ehe wir den Bus verließen. Dann versteckten wir uns hinter einer großen Steinmauer, die auf einer Seitenstraße den Weg zur Schule begrenzte. Hannah atmete nervös aus, hob ihren Kopf leicht in den Nacken, um in das Blau des Himmels schauen zu können, in dem keine einzige Wolke zu sehen war. Zu dieser frühen Morgenstunde war es schon angenehm warm. Die Sonne schickte wärmende Strahlen auf die Stadt herunter und der Wind wehte leise in den Ästen der Bäume in der Nähe.

»Was machen wir jetzt?«, fragte ich schließlich, löste mich von der Steinwand und sah Hannah gespannt an.

Vorsichtig lugte sie an der Wand vorbei auf die Straße. Nach einigen Sekunden atmete sie erleichtert aus. »Sie sind alle auf dem

Schulhof. Keiner ist mehr zu sehen«, stellte sie beruhigt fest und nahm erneut meine Hand. »Wir müssen irgendwie zum Hauptbahnhof gelangen. Dann ist der Rest nur ein Kinderspiel«, sagte Hannah.

Ich merkte ihr ihre Unsicherheit sofort an. Noch nie war sie ohne Erwachsene unterwegs gewesen. Wir liefen die Weberstraße entlang, bis Hannah plötzlich anhielt – ein älterer Mann mit Bart kreuzte unseren Weg. Zögerlich fragte sie ihn nach der nächsten Bushaltestelle, an der ein Bus Richtung Hauptbahnhof halten würde. Der ältere Herr war recht freundlich und versicherte, dass diese allerhöchstens eine Minute von uns entfernt lag.

»Da musst du nur am Ende der Hamelstraße nach rechts abbiegen, dann immer geradeaus, Mädchen«, nuschelte er.

Höflich bedankte Hannah sich und so setzten wir unseren Weg fort. Kurze Zeit darauf erreichten wir wie angekündigt die Haltestelle. Rasch spähten wir gemeinsam auf die Anzeigentafel. Glück gehabt! Der nächste Bus, der bis zum Hauptbahnhof fuhr, würde in weniger als fünf Minuten kommen, stellte Hannah fest. Aus ihrer Hosentasche zog sie einen Fünf-Euro-Schein sowie ein Zwei-Euro-Stück. Das war alles, was sie an Taschengeld zusammengespart hatte. Das musste zumindest für die Hin- und Rückfahrt reichen, so hoffte sie. Ich malte mir gerade aus, welch große Sorgen Silvia sich wohl machen würde, wenn sie feststellen würde, dass Hannah nicht von der Schule zurückgekommen wäre – da saßen wir auch schon im Bus …

Hannah hatte recht: Als wir den Bahnhof erst einmal erreicht hatten, war im Grunde alles ganz einfach. Binnen zwei Minuten hatte sie anhand der großen Anzeigetafeln, die überall an den Bahnhofstationen aushingen, herausgefunden, welche Bahn uns wann zum Frankfurter Bahnhof befördern würde. Die Fahrt in der Bahn dauerte etwa zwanzig Minuten. Die Zeit vertrieben wir uns derweil mit *Ich sehe was, was du nicht siehst*.

Hannah fing an. »Ich sehe was, was du nicht siehst und das ist … ähh … grau.«

Oh, Mann! Das war gemein! Fast alles in dieser tristen, kleinen Bahn war grau. Von den Sitzplätzen angefangen bis hin zu den Halterungen und natürlich dem Boden. Ich zog eine Grimasse. Vielleicht war es aber auch der Rock der Dame, die direkt vor uns saß oder die Haare des Mannes ein paar Sitzplätze vor uns ...

»Die Schaffner-Kabine, meinst du vielleicht die, Mädchen?«, fiel mir die Frau, die vor uns saß, ins Wort, als ich gerade ansetzen wollte. Sie fühlte sich wohl von Hannah aufgefordert mitzumachen, denn sie konnte ja auch nicht wissen, dass das Mädchen schon mit mir spielte. Grinsend schüttelte Hannah den Kopf und wandte sich dann wieder mir zu. Am Ende der Fahrt hatte ich endlich herausfinden können, dass es sich bei dem gesuchten Gegenstand um Hannahs Armbanduhr gehandelt hatte. Wieder einmal hatte ich gewonnen!

Nun waren wir also in Frankfurt. »In dieser Stadt war ich schon einmal«, erzählte ich Hannah, während wir die Treppen des U-Bahn-

Zugangs nach oben stiegen. In dieser Stadt hatte die kleine Caroline gewohnt, die ich zwei Monate lang begleitet hatte – vielleicht wohnte sie ja immer noch hier irgendwo, aber mittlerweile müsste sie schon längst erwachsen geworden sein. Wir setzten uns draußen, vor der Bahnunterführung, auf eine der leerstehenden Bänke. Hannah bekam Hunger und biss beherzt in ihr Salamibrot.

»Wie weit ist es noch zu deiner Mutter?«, wollte ich wissen.

»Unser Haus liegt ganz in der Nähe vom Langener See, gar nicht weit von hier aus«, antwortete sie mit vollgestopftem Mund. Da das Wetter so herrlich war, beschlossen Hannah und ich einen Abstecher zum Waldsee zu machen, bevor wir ihre Mutter besuchen würden. Nach einer Viertelstunde hatten wir den See erreicht und suchten uns ein ruhiges Plätzchen in der Nähe des Waldes. Da es noch relativ früh und die Ferienzeit längst vorbei war, waren wir abgesehen von fünf bis sechs Leuten, die eine andere Richtung einschlugen als wir, allein hier. Die Sonnenstrahlen spiegelten sich silbern im Wasser des prächtigen Sees. Man hörte ein paar Amseln und Drosseln vergnüglich zwitschern.

»Früher, als ich klein war, ist meine Mutter hier oft mit mir spazieren gegangen«, meinte Hannah ein wenig traurig zu mir und senkte nachdenklich den Kopf.

Spontan kam mir eine Idee in den Sinn und ich schüttelte zuerst mein rechtes Bein – so lange, bis mein Schuh mit einem Plumpsgeräusch ins Gras fiel. Dann machte ich das Gleiche mit meinem linken

Bein, bis ich barfuß im Gras stand und Hannah, die mich verwundert ansah, neckisch angrinste. Schließlich krempelte ich meine Hosenbeine nach oben. »Los, wir planschen eine Runde mit den Füßen im See. Wer als erster da ist, hat gewonnen«, rief ich schnell und rannte auch schon los.

»Hey, das ist unfair! Ich habe doch meine Schuhe noch gar nicht ausgezogen«, protestierte Hannah lachend und folgte mir, so schnell sie konnte, in den See. Ausgiebig sprangen wir auf und ab, hielten uns an den Händen, drehten uns dabei im Kreis. Das Wasser klatschte uns buchstäblich bis zum Bauch. Wir befanden uns an einer niedrigen Wasserstelle. Es war erfrischend und herrlich. Ich freute mich sehr über unser herzliches Herumalbern sowie über Hannahs Unbeschwertheit in diesem Augenblick. Es war wie Balsam für meine Seele und so wollte ich diesen Moment gern für immer festhalten. So etwas war mir bei all den tollen Zeiten, die ich mit Freunden verbracht hatte, noch nie durch den Kopf gegangen …

»Mando, du hast deinen Hut verloren!«, riss Hannah mich plötzlich aus den Gedanken.

Ich betastete meinen Kopf, blickte an mir herab. Tatsächlich schwamm er neben mir im Wasser her. »Bei dem vielen Gehüpfe habe ich ihn wohl verloren«, stellte ich amüsiert fest und fischte das gute Stück auch schon aus dem kühlen Nass. Ich wrang ihn aus und setzte ihn mir wieder auf den Kopf.

»Du siehst aus wie ein begossener Pudel!«, johlte Hannah mir zu.

Ich fühlte selbst, wie das Wasser, das sich noch im Hut gestaut hatte, an meinen Ohren herablief. Kichernd hielt das Mädchen sich den Bauch vor Lachen. Dann konnte ich auch nicht mehr anders und lachte mit.

Nachdem wir uns ausgiebig in der Sonne getrocknet hatten, zogen wir los um nun endlich Hannahs Mutter zu besuchen. Doch was, wenn sie nicht zu Hause war? Vielleicht hielt sie sich wirklich gerade in irgendeiner Entzugsklinik auf, schoss es mir durch den Kopf. Auch das war Hannah natürlich schon in den Sinn gekommen. Am Abend zuvor hatte sie jedoch beschlossen, zunächst in ihr altes zu Hause zu fahren, um herauszufinden, ob ihre Mutter sich in einer Klinik aufhielt oder nicht. Falls Frau Engeler nicht zu Hause sein würde, müssten wir dann wohl improvisieren und einige Kliniken in der Nähe abklappern. Zugegeben: Alles war ein bisschen vage. Da ich Hannahs Angst und Nervosität spüren konnte, behielt ich meine Meinung allerdings für mich. Im Marschtempo passierten wir die Straße, die zu ihrem Haus führte, bis wir schließlich vor der Türschwelle standen. Frau Engeler war auf dem Türschild sowie auf der Schelle dick und fett zu lesen. Der Garten des Hauses wirkte in der Tat sehr ungepflegt. Das Gras wucherte unkontrolliert vor sich hin. Zwei Kaninchen hätten sicherlich wochenlang daran fressen können. Hannah stand wortlos da und fixierte fieberhaft die Tür.

»Ganz ruhig«, beschwichtigte ich sie und legte eine Hand auf

41

ihre Schulter. Nun schaute die Kleine zu mir auf. Ich kniete mich zu ihr runter, damit wir auf Augenhöhe waren.

»Ich habe sie jetzt seit fast drei Monaten nicht mehr gesehen.« Fahrig strich Hannah sich die Haare mit ihren Handflächen glatt und zuppelte an ihrer Kleidung herum, ehe sie ihr Augenmerk auf den großen Terrakotta-Topf richtete, der sich ohne jegliche Bepflanzung links vor der Tür befand. Sie hob ihn ein Stück an und schien nach etwas zu greifen. Es war ein Schlüssel, den Hannah nun in ihren Händen hielt.

»Mama hat ihn immer für Notfälle für mich darunter versteckt«, erklärte sie und sah unsicher zu mir herüber.

»Das wird schon«, sagte ich und zwinkerte ihr aufbauend zu. Immer noch ein wenig zögerlich schloss Hannah jetzt die Tür auf. Mein Herz fing wie wild an zu pochen und schlug mir bis zum Hals. Ich wollte lieber gar nicht erst wissen, wie es Hannah jetzt wohl ging. Ich griff nach ihrer Hand und wir betraten einen dunklen, schmalen Flur. Der Boden knarrte. Aus einem Zimmer weiter vor uns, fiel etwas Tageslicht. Die übrigen Türen, die ich noch entdeckte, waren geschlossen.

»Mama?«, rief Hannah mit zittriger Stimme.

Hoffentlich war sie da!

»Mama?!«

Keine Antwort.

Wir betraten den geöffneten Raum vor uns. Es war die Küche.

Ich erschrak für einen Moment, als ich das Chaos darin erblickte. Auf der Spüle stapelte sich schmutziges Geschirr, die Essensreste darauf waren bereits eingetrocknet und schimmelten an manchen Stellen, auf dem Boden neben dem Kühlschrank türmten sich ein paar alte Kartons, die Tischdecke auf dem Küchentisch war wegen der vielen leeren Schnaps- und Bierflaschen, die dort gesammelt waren, kaum zu erkennen. Die Flaschendeckel lagen verstreut auf dem Boden. Hannahs und auch mein Gesichtsausdruck verfinsterten sich.

»Mama?«, rief sie erneut.

Immer noch keine Antwort.

Das Wohnzimmer sah, wie ich schon befürchtet hatte, auch nicht viel besser aus – eher im Gegenteil. Auch dort waren wieder Flaschen zu finden, wie auch Pizza-Kartons und ausgedrückte Zigarettenstummel. Das ganze Haus stank wie eine Kloake. Am liebsten wollte ich mir Hannah schnappen und sie hier heraustragen, aber das hätte sie ohne Widerstand und Protest niemals zugelassen. Ihre Atmung wurde immer flacher und schneller, ihr Brustkorb hob und senkte sich. Der einzige Ort, an dem wir noch nicht nachgesehen hatten, war das Schlafzimmer im oberen Teil des Hauses.

Als hätte Hannah meine Gedanken hören können, sprintete sie auch schon zur Treppe und hastete nach oben. Ich folgte ihr augenblicklich. Als ich die letzten Stufen erklommen hatte, sah ich einen kleinen Flur mit zwei Zimmern. Die Tür eines dieser Zimmer stand sperrangelweit offen. Aus dieser Richtung war ein lautes Schnarchen zu hören. Schnell hechtete das Mädchen in das Schlafzimmer und sprang auf das übergroße Bett ihrer Mutter. Auf der zerwühlten Bettwäsche waren überall Flecken zu sehen, ein blonder Haarschopf ragte aus der Decke heraus.

»Mama, Mama!« Entschlossen versuchte Hannah Frau Engeler wachzurütteln, die in einem Tiefschlaf versunken schien. Ein benommenes Stöhnen war nun zu hören, bis sich die Frau auf die andere Seite zu Hannah drehte. Ich fand mich nach wie vor am Türrahmen stehend wieder, während mir mein Herz in die Magengrube rutschte.

»Was willst du denn hier?«, sagte Frau Engeler. Sie schien nicht gerade erfreut zu sein.

»Ich wollte bei dir sein, Mama«, erwiderte Hannah mit schwacher Stimme.

Doch Frau Engeler schien das nicht im Geringsten zu interessieren. Sie drehte sich ganz einfach wieder auf die andere Seite ihres Bettes, um weiterzuschlafen. Mein Mund blieb offen stehen. Ich konnte es einfach nicht fassen!

»Mama, bitte! Ich bin extra mit dem Bus und der Bahn von Bad Homburg hierher gefahren, um dich zu sehen!«

Hannahs Stimme brach zum Ende des Satzes und die Tränen gewannen die Überhand. Es zerriss mir das Herz.

»Hannah, lass mich schlafen. Hau endlich ab!«

Was hatte sie da gerade gesagt? Ich konnte nicht glauben, dass eine Mutter ihr Kind so behandelte. Keinesfalls war Frau Engeler gerade nüchtern – aber das war auch keine Entschuldigung. Diese Worte trafen das Mädchen wie ein Schlag und lösten einen Heulkrampf aus. Sichtlich gestresst von dem Wimmern ihrer Tochter, setzte Frau Engeler sich nun auf und wandte sich Hannah zu.

»Hör endlich auf zu flennen!«, fuhr sie sie an. Damit erreichte die Frau allerdings nur das Gegenteil, was sie nur noch mehr erzürnte. Ich schaute mit einer Mischung aus Ekel und Verachtung auf Frau Engeler herab; ihr Haar war fettig und zerzaust, die gelben Zähne blitzten aus ihrem Mund hervor und ihr Gesicht wies einen rötlichen Farbton auf.

»Warum kann ich nicht bei dir bleiben?«

»Weil das nicht geht!«, entgegnete die Mutter gereizt. Sie schien mit der Situation mehr als überfordert zu sein.

»Ich will jetzt, dass du zurück nach Hause gehst und Mama hier weiter schlafen lässt.«

»Hier ist mein Zuhause. Ich will nicht zurück ins Heim!«

Die Frau wurde von Sekunde zu Sekunde ungehaltener. »Na schön, du hast es nicht anders gewollt«, sagte Frau Engeler schließlich.

»Wegen dir hat dein Vater mich verlassen. Ich habe dich im Grunde nie gewollt und ich habe absichtlich dafür gesorgt, dass du in ein Heim außerhalb von Frankfurt, also weit weg, kommst, weil es besser so ist.«

Diese Worte waren das Kälteste und Hässlichste, was ich je in meinem Leben gehört hatte. Wie betäubt saß Hannah da und sah zu, wie sich ihre Mutter zum wiederholten Male von ihr wegdrehte, um weiterzuschlafen.

Oh Gott! Ich war selbst wie betäubt … Ich hielt es nicht mehr aus. Schleunigst musste ich Hannah hier wegbringen. Es hatte keinen Sinn noch länger zu bleiben. Vorsichtig hob ich das erstarrte Mädchen vom Bett und trug es die Treppe hinab, raus aus diesem Haus.

Draußen setzte ich Hannah dann sanft vor der Tür ab. Ich ließ mich auf dem Treppenabsatz nieder und zog sie auf meinen Schoß. In ihre kleinen Augen schauend, erkannte ich nichts als Tränen und tiefen Schmerz. Es schnürte mir die Kehle zu, so dass ich nicht mehr ruhig atmen konnte. Sacht streichelte ich ihr über den Rücken und nahm sie in die Arme. Vor Kummer hörte ich Hannah noch einmal aufschluchzen.

»Sie hat mich nie gewollt, Mando.«

Ich hielt sie noch fester und sagte dann: »Sie hat dich nicht verdient, weil du nämlich das wunderbarste und schönste Mädchen bist, das es gibt!«

Kapitel 6

Hannah rutschte einige Male auf und ab und ließ ihre Beine entlang des für sie viel zu großen Stuhls hin- und herbaumeln. Sie berührten den Boden nicht. Sie blickte auf das große Wandregal in der Ecke, das sich unter der Last der Masse an Aktenordnern leicht bog. Dann schaute sie wieder zur Wanduhr und beobachtete den tickenden Zeiger, der die Form eines kleinen Pfeils aufwies.

»Ich habe dich etwas gefragt, junge Dame!«, sprach Frau Meyer in einem ruhigen, sachlichen Tonfall, dem man jedoch deutlich Ärger entnehmen konnte. Das zeigte mir schon das kleine, blaue Äderchen, das eigenartig auf ihrer Stirn pochte, immer wenn sie diese krauszog. Wie jetzt gerade zum Beispiel.

Gestern war Hannah von einem Polizisten eingesammelt und mit einem Streifenwagen zurück nach Bad Homburg gefahren worden. Besser gesagt wir beide. Ich war ihr natürlich nicht eine Sekunde von der Seite gewichen. Da wir uns wohl noch zu lange in der Nähe von Hannahs altem Zuhause aufgehalten hatten und Silvia, wie auch Frau Korriander, sich gut zusammenreimen konnten, wo wir waren, war es dann für die verständigte Polizei in Langen ein Leichtes gewesen, das Mädchen aufzulesen. Um ehrlich zu sein, war ich froh darüber gewesen, auch wenn Hannah nicht zur gräflichen Stiftung zurückkehren wollte. Wo hätte sie denn ohne Verwandte und Geld hingehen sollen?

Nun befanden wir uns im Büro der Heimleiterin – die Frau, die ihre grauen Haare immer zu einem strengen Knoten zusammensteckte und eine dicke Hornbrille auf ihrer Nase trug. (Ich sah sie oft am Tisch neben Silvia und Frau Korriander sitzen.) Natürlich mussten wir uns jetzt von ihr eine große Standpauke anhören.

»Also ...?«, hakte Frau Meyer noch einmal in einem strengen Tonfall nach und schob mit dem Zeigefinger ihre verrutschte Brille wieder dahin, wo sie hingehörte. Hannah seufzte tief und schaute dann wieder zu Frau Meyer hinüber.

»Ich habe ganz einfach nur meine Mutter vermisst«, rechtfertigte das Mädchen sich mit einem dicken Kloß im Hals. Noch immer surrten die Erinnerungen an Frau Engelers Zurückweisung in ihrem Kopf umher.

»Du kannst trotzdem nicht einfach die Schule schwänzen und ohne Absprache allein nach Frankfurt fahren.«

Wieder war dieses widerliche Pochen der Ader auf ihrer Stirn zu sehen. Frau Meyer schien sehr aufgebracht zu sein. Ich stand direkt hinter Hannah um ihr beizustehen.

»Ich war doch gar nicht alleine«, erklärte Hannah dann.

»So? Wer hat dich denn begleitet?«

»Mando.«

»Mando? Wer ist Mando?«

Ich musste angesichts des verdutzten Gesichtsausdrucks, den Frau Meyer aufsetzte, mit den Augen rollen. Geradewegs marschierte ich hinüber zum Stuhl, auf dem die Heimleiterin saß, baute mich direkt hinter ihr auf und schüttelte für Hannah den Kopf, als sie zu sprechen ansetzte: »Er ist mein …«

Ich unterbrach sie sofort. »Nein, Hannah. Sag es nicht! Sie würde dir nicht glauben und es schon gar nicht verstehen. Dadurch würdest du alles noch viel schlimmer für dich machen!«

Hannah seufzte.

»Nun? Ich warte auf eine Antwort, junges Fräulein!«, erwiderte Frau Meyer gereizter denn je und sah Hannah fordernd und einschüchternd an.

»Niemand, Frau Meyer. Ich war allein.«

Einige Tage verstrichen, in denen es mir sehr schwer gefallen war, Hannah zum Lachen zu bringen. Ich hatte es mit Grimassenschneiden und wilden Tänzchen versucht. Nichts schien zu funktionieren. Silvia hatte sehr häufig viel Zeit mit Hannah verbracht. Sie hatten gemeinsam *Mensch ärgere dich nicht* und *Monopoly* gespielt oder hatten den städtischen Spielplatz in der Gegend besucht. Das Mädchen hatte ihr die ganze tragische Geschichte von ihrer Mutter erzählt, ausschließlich ihr. Silvia war neben mir die einzige Person, zu der sie Vertrauen hatte. Genau zwei Wochen hatte es dann schließlich gedauert, bis ich es endlich geschafft hatte ein Lächeln auf das Gesicht meiner Hannah zu zaubern. Sonntagabend im Speisesaal, als es Möhreneintopf mit Brot gab und alle Kinder am Tisch versammelt saßen, flüsterte Hannah mir etwas zu. Ich kann mich im Nachhinein nicht mehr daran erinnern, was genau es war oder worum es eigentlich ging ... Ich weiß nur noch, dass Peter, der freche Junge, dies wieder einmal mitbekommen hatte und dann vorlaut in den Raum rief: »Hannah redet wieder mit ihrem Gespenst, die blöde Kuh! Hahaha!«

Ein Kichern zog sich durch die Menge. Ich hatte endgültig die Nase voll von diesem unverschämten Rabauken. Also ging ich zu ihm rüber, griff nach dem Trinkpäckchen, welches sich am Tischrand neben ihm befand, zog es langsam bis ans Ende des Tisches und achtete natürlich darauf, dass niemand etwas bemerkte – das fiel sowieso nicht weiter schwer, da alle Kinder nur Hannah anstarrten. Dann schüttete ich den Inhalt des Päckchens in Peters Schoß und wartete seine Reaktion ab. Er erschrak für einen Augenblick, als er etwas Kaltes, Feuchtes auf seinen Beinen spürte und sprang reflexartig in die Höhe. Das Grölen und das Gelächter waren nun nicht mehr zu übertreffen. Es sah natürlich so aus, als hätte der tolle, schlagfertige Peter sich in die Hose gemacht.

»Hosenpisser, Hosenpisser!«, schrie auf einmal die ganze Gruppe.

Ich ging wieder zurück zu Hannah um nach ihr zu sehen. Sie hatte einen regelrechten Lachanfall. Sie strampelte mit Armen und Beinen. Obwohl Hannah sich an den Hänseleien nicht beteiligte, war sie mehr als schadenfroh. Zu Recht, wie ich fand. Wie von der Tarantel gestochen, hastete der Junge mit feuerrotem Kopf in Richtung Badezimmer – oder vielleicht steuerte er auch sein eigenes Zimmer an. Das konnte ich nicht genau ausmachen. Jedenfalls rannte er dabei um ein Haar Frau Korriander über den Haufen, die im selben Moment erfahren wollte, was es mit dem lauten Gelächter aus dem Speisesaal auf sich hatte.

Die Monate verflogen. Hannah und ich hatten einen tollen Sommer. Wir tollten im Gras, kletterten auf Bäume oder gingen schwimmen. Wir unternahmen all die Dinge, die Freude bereiteten. Im Winter fuhren wir Schlitten, bauten Schneemänner und bewarfen uns mit Schnee. Ein Jahr ging schnell vorüber.

Dann, an ihrem zehnten Geburtstag, hatte ich wieder einmal einen meiner grandiosen Einfälle. Nun war ich schon über ein Jahr an Hannahs Seite. Eigentlich war ich noch nie länger als ein Jahr bei einem Kind geblieben. Aber Hannahs Lage war nun einmal schwieriger als die der meisten Kinder. Außerdem lässt ein Bondondo nie ein Kind ohne Happy End hinter sich. Ich beschloss, nicht eher locker zu lassen, bis mir dies gelungen wäre.

Aber nun zurück zu meiner Idee: Es war bereits später Abend. Wie üblich saß ich auf meinem Holzstuhl. Bondondos schlafen nämlich nie. Hannah tat dies allerdings schon tief und fest. Aus dem Fenster schauend sah ich den klaren Himmel. Überall darin verteilt funkelten und leuchteten Sterne, so hell und strahlend, dass ich mir staunend die Augen rieb. Ich hatte schon sehr viele Sternenhimmel beobachten können, doch dieser war besonders schön. Ich erhob mich von meinem Stuhl, ging zu Hannahs Bett und rüttelte sie vorsichtig wach. »Hannah! Hey, wach auf«, flüsterte ich in ihr Ohr.

»Was ist los?«

»Komm mit!«

»Wohin?«

»Ich will dir was zeigen.«

Neugierig griff Hannah nach meiner Hand, die ich ihr entgegenstreckte. Fünf Minuten darauf führte ich sie zu einem Stück Land außerhalb der gräflichen Stiftung. Draußen war es lau, die Luft roch erdig und nach Tannen. Der Mond spendete genügend Licht, so dass wir uns problemlos durch die Nacht fortbewegen konnten.

»Warum sind wir hier?«, fragte Hannah und lauschte dem Zirpen der Grillen, die in unserer Nähe ein kleines Konzert veranstalteten.

»Schau nach oben«, forderte ich sie auf und zeigte mit einen Finger in den sternenbehangenen Himmel über uns.

»Wow! Das ist echt cool«, sagte sie.

Wir legten uns mit den Füßen in verschiedene Richtungen, Kopf an Kopf in das hohe Gras und bewunderten das märchenhafte Funkeln am Himmel.

»Mando?«

»Ja?«

»Wie lange wirst du bei mir bleiben?« Ich konnte an ihrer Stimme erkennen, welches Grauen die Vorstellung in ihr auslöste, dass ich sie eines Tages verlassen könnte.

»Ich bleibe solange bei dir, bis in deinem Leben eine schöne Veränderung eintritt, so dass du mich nicht mehr brauchst«, antwortete ich in einem angestrengt gelassenen Tonfall.

»Aber du bist mein bester Freund. Ich werde dich immer brauchen!«

Natürlich hatte Hannah Angst davor, ihren besten Freund zu verlieren, genauso wie auch ich Angst davor hatte, sie zu verlieren. Aber dieser Moment würde nun einmal irgendwann kommen.

Kapitel 7

In den nächsten zwei Jahren verließen einige Kinder die gräfliche Stiftung, die glücklicherweise eine Adoptivfamilie für sich finden konnten. Und einige neue Gesichter kamen hinzu; Waisen oder auch im Stich gelassene Kinder. Jedes Mal, wenn ein potentielles Elternpaar das Kinderheim besuchte, um sich die Kinder anzuschauen, von denen sie gedachten, eines in ihre Familie aufzunehmen, überkam mich ein seltsam gemischtes Gefühl: Zum einen wünschte ich mir sehnlichst für Hannah, dass eines dieser Elternpaare sie auswählen würde, da sie eine solide, liebevolle Familie mehr als alles andere verdient hatte. Auf der anderen Seite war da dieses mulmige Gefühl im Bauch, die Befürchtung, dass der kommende Tag unser letzter gemeinsamer Tag sein könnte. So intensiv kannte ich das gar nicht. Aber das war ja auch eigentlich kein Wunder – immerhin war ich nun schon drei Jahre lang bei Hannah. So lange wie nie zuvor bei einem anderen Kind. Sie wuchs mir mit jedem Tag mehr ans Herz. Im Grunde waren wir doch bereits unsere eigene Familie.

Nach ihrem zwölften Geburtstag schien es mir manchmal so, als ob Hannah sich eigenartig, einfach anders verhalten würde als sonst.

Sie wirkte oft ein wenig in sich gekehrt und grüblerisch, wollte mir ihre Gedanken jedoch nicht mitteilen, was sie doch sonst immer getan hatte. Aber es war auch ganz natürlich, dass ein Mensch sich im Laufe der Zeit entwickeln und auch verändern würde. Immerhin wurde das Mädchen älter. In der Regel passte ich auf Kinder auf, die nicht älter als zehn Jahre alt waren. Ich wusste also an und für sich nicht, wie genau ein Kind mit elf oder zwölf Jahren sich verhielt.

Hannah und ich redeten nur noch miteinander, wenn wir allein waren, denn wegen unseren Unterhaltungen hatte Hannah auf Frau Korrianders Forderung hin einen Psychologen besuchen müssen, da es für ihre Begriffe nicht normal war, dass sich eine Zwölfjährige mit ihrem »imaginären Freund« unterhielt, so wie sie mich bezeichnet hatte. Das war mal wieder ein Zeichen der Ignoranz der Erwachsenen gegenüber etwas, was sie nicht begreifen, nicht verstehen konnten. Solche Dinge waren für sie einfach nicht existent. So einfach war das.

Eines Morgens verhielt Hannah sich merkwürdig. Sie wollte, dass ich unten im Flur auf sie wartete, damit sie sich in Ruhe für den heutigen Schultag zurechtmachen konnte. Überrascht kam ich ihrer Bitte nach und wartete unten im Flur auf sie. Um mir die Zeit zu vertreiben, zählte ich erst die weißen Kacheln, dann die schwarzen Kacheln auf dem Boden des Flures. Es waren jeweils zweiundsechzig Stück. Dann, nach einer geschlagenen halben Stunde, kam Hannah endlich die Treppe zu mir heruntermarschiert. Sie sah ganz verändert aus. Irgendetwas hatte sie mit ihrem Haar gemacht, denn es sah so lockig aus. Außerdem trug sie ein blaues Jeanskleid – ich hatte es nie zuvor an ihr gesehen. Und ihre Lippen waren pastellfarben bemalt. Sie sah mich mit einem Blick an, der mir verriet, dass sie etwas Bestimmtes von mir erwartete. Ich wusste allerdings nicht was. Vielleicht sollte ich ja nach ihrer neuen Frisur fragen, kam es mir gerade noch in den Sinn.

»Wieso trägst du deine Haare heute anders?«

»Ich durfte mir Silvias Lockenstab ausborgen. Gefällt es dir?« Hannah grinste breit.

»Mh …«, machte ich.

»Mh, was?« Hannahs Tonfall war plötzlich gereizt.

»Es ist so ungewohnt«, sagte ich schließlich nach langem Überlegen.

Nach diesem Satz sah sie mich dann noch komischer an, ein bisschen wütend, so schien es mir beinahe. Ich konnte mir aber keinen Reim darauf machen …

Auch nach der Schule war Hannah wieder so still zu mir. Ich fragte mich unentwegt, weswegen sie wohl sauer auf mich war. Ich sah ihr schweigend dabei zu, wie sie ihre Hausaufgaben machte. Nach jeder verstrichenen Minute wurde ich ungeduldiger und ungeduldiger, da sie immer noch kein Wort mit mir gesprochen hatte.

»Wieso bist du eigentlich sauer auf mich?«, platzte es aus mir heraus, gerade als sie ihre Schulbücher in den Schulranzen räumte. Der Gedanke, Hannah könnte wegen irgendetwas sauer auf mich sein, ließ mich automatisch auch sauer werden.

»Ich bin doch gar nicht sauer auf dich, Mando.«

Ich setzte mich zu Hannah aufs Bett. »Und warum redest du kaum noch ein Wort mit mir?«, wollte ich von ihr wissen.

Hannah seufzte und sah mir ernst in die Augen. Irgendwas Schlimmes musste passiert sein, so wie sie mich ansah, ging es mir durch den Kopf und das jagte mir Angst ein.

»Ich muss dir etwas Wichtiges sagen«, begann sie zögerlich mit gesenktem Kopf.

»Was denn?«

»Ich wollte es dir schon seit einiger Zeit sagen, habe mich aber nicht getraut«, setzte Hannah erneut an. Sie sprach in Rätseln.

»Aber wieso sagst du es mir denn nicht? Ich dachte, beste Freunde hätten keine Geheimnisse voreinander«, warf ich ein.

Sie schnaubte, sah mich nun mit großen Augen an und nahm dann meine Hand. »Mando, ich habe mich in dich verliebt«, erwiderte Hannah mit brüchiger Stimme.

Ich wusste nicht so viel über dieses Wort. Erwachsene verliebten sich ineinander, gründeten Familien, wurden alt … Wieder starrte sie mich mit diesem erwartungsvollen Blick an. Was sollte ich dazu sagen? Was sagte man dazu?

»Hast du gar nichts dazu zu sagen?«

»Ich weiß nicht viel darüber, nur dass Erwachsene sich verlieben. Du bist aber ein Kind und meine beste Freundin«, entgegnete ich schließlich ein wenig unbeholfen. Enttäuschung machte sich auf ihrem Gesicht breit und noch etwas anderes, das mir fremd war.

»Ich bin fast kein Kind mehr!«

»Natürlich bist du das. Du bist meine kleine Hannah.«

»Ich will aber nicht mehr deine kleine Hannah sein!«, warf sie mir aufgebracht an den Kopf.

Was meinte sie nur damit? Verdutzt sah ich sie an, fragte schließlich: »Was willst du denn?«

Ohne eine Antwort darauf zu geben, näherte sie sich meinem Gesicht und gab mir einen Kuss auf die Wange.

Erneut sah ich sie verdutzt an. Ich brachte einen Abstand zwischen uns. »Hannah, bitte sei nicht böse, aber ein Bondondo kennt solche Gefühle nicht. Ich bin kein Mensch und du sehr wohl noch ein Kind«, sagte ich so behutsam und überlegt wie nur irgend möglich.

Kapitel 8

Ich stopfte beide Hände in meine Hosentaschen und schlurfte nachdenklich durch die Eingangshalle. Elsa, Miriam, Thomas und wie sie alle hießen spielten Fangen, rannten quasi durch mich hindurch. Ich war zu sehr in Gedanken versunken und konnte gerade noch rechtzeitig ausweichen, denn sonst hätte sich Miriam an meinem Ellbogen gestoßen. Geschwind polterten die Kinder die Treppe zu ihren Zimmern nach oben. Hannah hatte an diesem Morgen Küchendienst und war gerade zugange das schmutzige Geschirr in die Spülmaschine zu packen und den Esstisch zu säubern. Das penetrante Klappern von Tellern und Besteck war im ganzen Flur zu hören. Im Nebenzimmer gingen Frau Meyer und Frau Korriander die Arbeitspläne der nächsten Wochen noch einmal durch.

Am Vorabend hatte Hannah kaum ein Wort mehr mit mir gesprochen – schon wieder! Ich hatte Angst davor meine beste Freundin zu verlieren, ehe sie ihr Happy End gefunden hätte. Hannah war nun einmal nach wie vor in einer schwierigen Phase. Ohne Familie und Freunde dazustehen, war sicherlich nicht einfach. Es war ganz klar, dass sie all ihre Gefühle auf mich projizierte, kam es mir in den Sinn.

Ich hoffte nur, dass wir heute einen tollen Tag miteinander verbringen konnten, denn für diesen Samstagvormittag hatte die Heimleitung einen Ausflug in den Zoo auf das Programm gesetzt, worauf Hannah und ich uns schon seit Tagen freuten. Die tadelnden Rufe von Frau Korriander rissen mich jäh aus meinen Gedanken: »Alle Kinder, die mit in den Zoo kommen wollen, bitte unten in der Eingangshalle versammeln!«

Binnen fünf Minuten hatte sich die gesamte Rasselbande in Zweiergruppen am vorgegebenen Treffpunkt aufgebaut. Hannah und der kleine Kevin bildeten eine Gruppe. Der Junge stand rechts neben ihr, ich stand links neben ihr. Zuerst nahm Hannah Kevins Hand, dann, zu meiner Erleichterung, griff sie auch unauffällig nach meiner Hand. Anschließend warf sie mir einen lächelnden Seitenblick zu, welchen ich sofort mit einem strahlenden Gesicht erwiderte. Der eingetroffene Bus, den Frau Meyer gechartert hatte, machte sich mit mehrmaligem Hupen bemerkbar. So zog die Truppe zusammen mit Frau Korriander und Silvia los. Die Fahrt in den Taunus dauerte allerhöchstens fünfzehn Minuten. Es war ein milder und teilweise sonniger Tag im Oktober. Das buntgefärbte Herbstlaub der Buchen- und Erlenbäume außerhalb der Zooanlage erstrahlte in den vielfältigsten Gelb-, Orange-, und Rottönen und bildete ein prächtiges Farbenspiel. In der Zooanlage selbst trafen wir auf gefährliche Tiger, Löwen und Krokodile. Die Flamingos waren mit ihrem rosafarbenen Gefieder ein absoluter Blickfang für mich, doch am liebsten hatte ich die Elefanten. Ich kletterte sogar über das Gelände ihres Freilaufgeheges und alberte mit ihnen herum, was Hannah sehr zu amüsieren schien. Das war es im Grunde auch, was ich mit meiner kleinen Aktion beabsichtigt hatte. Immer wieder schlängelte mir ein Elefant seinen Rüssel über die Schulter. Ganz anders als bei den Kindern ist es bei den Tieren nämlich so, dass sie mich immer sehen und wahrnehmen können. Plötzlich klaute einer der Elefanten sogar meinen Hut. Da hörte der Spaß für mich auf! Der Anblick, wie ich dem Tier und meinem Hut hinterher jagte, war wohl sehr komisch, denn Hannahs Lachen wurde immer lauter und die fragenden Blicke der Gruppe immer intensiver.

»Hannah, was ist denn so lustig an den Elefanten? Sie laufen nur in ihrem Gehege umher«, fragte Silvia irgendwann.

Es war mir wieder einmal gelungen meine Hannah zum Lachen zu bringen und schlussendlich gelang es mir auch, meinen geliebten Hut zurückzuergattern. Der Tag war gerettet.

Am Sonntagnachmittag spielten Hannah und ich seit langer Zeit wieder einmal Fangen und Verstecken draußen. (Ich hatte schon befürchtet, sie halte sich inzwischen für zu alt für diese Spiele.) Unbeschwert tollten wir im Laub umher, bewarfen uns mit Blättern, lachten viel und oft. Es war alles wieder wie früher zwischen uns. Hannah schien wieder die Alte zu sein und das machte mich glücklich. Leider sollte dieser Zustand nicht lange anhalten …

Ein paar Tage später betrat Silvia im Laufe des Vormittags Hannahs Zimmer. Ich konnte die Mimik der jungen Frau nicht richtig deuten. Sie nahm schließlich auf dem Bett Platz und bat Hannah sich dazuzusetzen.

»Worum geht es denn?«, wollte das Mädchen wissen und zog die Stirn kraus. Hannah schien genauso ratlos zu sein wie ich.

Direkt am Fenster stehend, verfolgte ich jede Bewegung und jedes Wort.

»Hannah, es gibt da ein Elternpaar, das sich für dich interessiert«, kam Silvia direkt zum Punkt. »Sie haben dich neulich beim Spielen beobachtet und haben sich sofort in dich verliebt, haben sie gesagt. Sie wollen dich gerne kennenlernen. Ist das in Ordnung für dich, Liebes?« Forschend und hoffnungsvoll sah Silvia zu Hannah hinüber, nahm behutsam ihre Hand und streichelte sie.

Das Mädchen sagte nichts. Es schwieg.

Silvia ließ eine Minute verstreichen und blickte dabei in das versteinerte Gesicht des Kindes. Auch ich war in diesem Moment wie erstarrt. Tausend Gedanken schossen mir durch den Kopf. Nicht zuletzt die Vorstellung, dass sich unsere Wege dann bald trennen würden. Mir war bewusst, dass es sich für einen Bondondo nicht gehörte, mehr Traurigkeit als Freude über so eine Nachricht zu empfinden, denn das Wohl des Kindes war unser höchstes Gebot. Ich versuchte das Chaos in meinem Kopf zu ordnen, sagte mir immer wieder, dass ich es … dass wir es bald geschafft hatten. Hannahs Happy End stand kurz bevor. All die Zeit, die Warterei bis zu diesem Zeitpunkt hatte ich ihr verschönern und versüßen können, ich hatte sie warm und stabil gehalten. Mein Auftrag war so gut wie erfüllt. Außerdem warteten so viele andere Kinder still und leise auf ihr Happy End … Weiterhin lauschte Silvia Hannahs Schweigen. Die Betreuerin seufzte. »Ich weiß, dass du verunsichert bist, mein Schatz«, redete sie nun weiter auf Hannah ein, setzte dabei ein gezwungenes Lächeln auf. »Weißt du, es ist eine gute Neuigkeit. Natürlich wäre es mit einer Veränderung verbunden, aber mit einer guten!«

Hannah schwieg weiter. Es war so, als würde sie gerade eine dicke, harte Steinmauer um sich herum errichten. Resigniert atmete Silvia aus und blickte Hannah fast schon flehend an. »Sieh dir Herrn und Frau Emmenthal wenigstens einmal an und lern sie kennen, meine Süße! Es sind wirklich ganz reizende Leute.« Mit diesen Worten und einem Kuss auf Hannahs Stirn erhob sich Silvia wieder und marschierte Richtung Türausgang. »Sie werden morgen Nachmittag vorbeikommen«, warf sie schnell noch hinterher, ehe sie die Tür hinter sich zuzog.

Hannah ließ den Kopf in ihr Kissen sinken und fing an zu weinen.

Ich war sofort bei ihr, hockte mich an ihr Bett. »Hey, nicht weinen! Es wird alles gut«, sprach ich ihr Mut zu und war darauf konzentriert mir meine eigene Traurigkeit nicht anmerken zu lassen.

»Alles wird gut?«, schluchzte Hannah und blickte mich entsetzt an. »Ich werde wahrscheinlich bald zu Fremden ziehen und wir sehen uns nie wieder!«

Sacht strich ich ihr mit einem Finger über die Wange und erwischte dabei eine Träne. »So darfst du das nicht sehen, Hannah! Wir haben dein Happy End fast erreicht. Bald hast du eine Familie! Ich freue mich so für dich!«

Ich hörte ein sarkastisches Schnauben. »Ich kann das Wort Happy End nicht mehr hören! Ich bin schon glücklich. Kapierst du das nicht?« Hannahs Tonfall wurde verletzlicher und lauter. »Wir beide, du und ich, wir sind glücklich. Wir gehören zusammen!«

Hannahs Worte, ihr Wimmern, das alles zerriss mich innerlich in tausend Stücke. Doch was sollte ich tun? Es gab nur diesen einen Weg zu einer Familie für das Mädchen – es war der richtige Weg! Und dies war eine der letzten Chancen für die Kleine, je ein angemessenes Zuhause zu bekommen; eine Mutter und ein Vater, die sie lieben würden.

Ruhig und so beschwichtigend, wie ich es konnte, streichelte ich Hannahs Schulter und versprach ihr nochmals, dass alles gut werden würde.

Kapitel 9

Am darauffolgenden Nachmittag brachte Silvia Hannah in den Aufenthaltsraum, um das Ehepaar Emmenthal mit dem Mädchen bekanntzumachen. Als Hannah missmutig den Raum betrat, fand sie eine relativ kleine, zierliche Frau mit naturgewelltem Haar vor. Diese war um die vierzig Jahre alt. Augenblicklich hob Frau Emmenthal die Mundwinkel zu einem Lächeln an. Ihre perlweißen Zähne blitzten hervor und erweckten für einen Moment den Eindruck, sie würde Werbung für Zahncreme machen.

»Hallo, Hannah! Es freut mich sehr dich kennenzulernen«, flüsterte sie schon fast, erhob sich für einige Sekunden von ihrem Stuhl, um dem Mädchen die Hand zu schütteln.

Herr Emmenthal tat es ihr gleich. Höflich streckte auch er Hannah eine Hand entgegen. »Mich freut es ebenfalls sehr«, meinte er vergnügt. Der Mann hatte einen Vollbart, eine Brille und trug Anzug und Krawatte. Wahrscheinlich war er ein Beamter. Außerdem war er sehr stattlich gebaut. Auch Herr Emmenthal wirkte auf den ersten Blick sympathisch, auch wenn Hannah das nicht so sehen wollte … Natürlich schwieg sie wieder. Sie saß dem Ehepaar am Tisch gegenüber und starrte teilnahmslos die Tischplatte an. Silvia seufzte kaum merklich und verließ dann das Zimmer.

»Ich habe gehört, du bist vor kurzem zwölf geworden. Das ist wirklich ein aufregendes Alter«, durchbrach Frau Emmenthal nun die Stille. »Als ich so alt war wie du, bin ich die ganze Zeit nur Fahrrad gefahren. Was sind denn deine Hobbys?«

Wieder gab Hannah keine Antwort, doch so schnell würde das Ehepaar sich nicht geschlagen geben. »Du bist wirklich ein sehr hübsches und aufgewecktes Mädchen und bist uns sofort aufgefallen«, ergriff nun Herr Emmenthal das Wort.

Demonstrativ verschränkte Hannah die Arme vor ihrem Körper – eine abwehrende Haltung, als wollte sie sagen, dass sie kein einziges Wort von dem interessieren würde, was beide da gerade faselten.

»Weißt du, wir haben unsere Tochter damals bei der Geburt verloren. Das ist jetzt schon sieben Jahre her. Eigentlich haben wir gar nicht vorgehabt, ein Kind zu adoptieren, bis wir dich sahen, Hannah«, wandte sich erneut Frau Emmenthal regelrecht flehend dem Mädchen zu. »Bitte Hannah, gib uns eine Chance!«

Unser letzter gemeinsamer Abend, bevor Hannah zu den Emmenthals ziehen würde, war gekommen – fürs Erste zur Probe verstand sich. Doch ich wusste, dass es nicht nur bei einer Probe bleiben würde. Meine kleine Hannah setzte ein Gesicht auf wie sieben Tage Regenwetter. Immer wieder warf sie mir vorwurfsvolle Blicke zu, die mich regelrecht zu durchbohren schienen. In ihrem Zimmer lief sie auf und ab – wie ein aufgescheuchtes Huhn.

»Beruhige dich wieder! Ganz ruhig«, sagte ich und ging zu ihr hin, um sie an den Armen festzuhalten. Durchdringend sah ich in ihre rehbraunen, ängstlichen Augen.

Dann sagte sie zu mir: »Bitte, Mando, lass uns zusammen abhauen! Wir gehen weit weg von hier und bleiben für immer zusammen!« Hoffnungsvoll griff Hannah nach meiner Hand und atmete lange aus.

Ich spürte einen tobenden, widerlichen Schmerz in mir. »Nein, Hannah, das ist keine gute Idee.« Ich atmete tief ein, da ich mit den Tränen kämpfte. »Glaub mir, ich will auch am liebsten immer bei dir bleiben, aber das geht nicht. Von Anfang an war klar, dass ich irgendwann wieder verschwinden würde«, fuhr ich gequält fort und verfolgte, wie Hannah beharrlich ihren Kopf schüttelte, um mir zu zeigen, dass sie das, was ich gerade sagte, nicht hören wollte. Dicke Tränen kullerten an ihren Wangen hinunter. Vorsichtig wischte ich diese mit einem Finger ab. Nichts war schlimmer für mich als Hannah weinen zu sehen. Ich nahm sie in den Arm, streichelte sanft über ihren Kopf.

»Ich will nicht, dass du gehst, Mando!«

»Ich weiß.«

»Du hast mal gesagt, dass ich mich, nachdem du verschwunden bist, nicht mehr an dich erinnern könnte.«

Schweigen trat ein. Ich seufzte tief.

»Jedes Kind, auf das ich aufgepasst habe, hat mich nach einiger Zeit vergessen. Sie wurden erwachsen. Das ist ganz normal«, antwortete ich schließlich und schluckte den dicken, fetten Kloß hinunter, der sich in meiner Kehle breitmachte.

»Ich werde dich aber niemals vergessen! Ich verspreche es dir!«, erklärte Hannah.

Dieser Satz ließ augenblicklich meine gut durchdachte, konstruierte Fassade zusammenstürzen. Tränen übernahmen nun auch bei mir die Überhand. »Ich werde dich auch niemals vergessen, Hannah!«, versprach ich, während ich sie fest in den Armen hielt.

Es war mir außerordentlich schwergefallen, nach dieser langen, wunderschönen Zeit, die wir gehabt hatten, einfach zu gehen, doch ich hatte keine Wahl. Natürlich fiel dieser Schritt jedem Bondondo schwer, aber die Situation war nicht nur wegen der übergroßen Zeitspanne, die für einen Bondondo nicht üblich war, anders, sondern auch, weil ich das nun gar nicht mehr so kleine Mädchen ganz besonders in mein Herz geschlossen hatte. Nachdem Hannah an diesem besagten letzten Abend in meinen Armen eingeschlafen war, war ich also schweren Herzens fortgegangen. Eine Regel von mir und Meinesgleichen besagt, dass man, nachdem ein Kind erfolgreich zu einem Happy End geführt wurde, weggeht, ohne zurückzuschauen. Die Bindung zwischen einem Bondondo und dem Kind soll wieder verschwinden, damit er eine neue Bindung zu einem anderen hilfsbedürftigen Schützling aufbauen kann. Zum Teil hatte ich diese Regel gebrochen. So schnell war es mir einfach nicht möglich, mich von meiner Sorge für Hannah zu befreien. Ich beobachtete sie heimlich an den zwei folgenden Tagen.

Herr und Frau Emmenthal wohnten in Gonzenheim, einem Stadtteil Bad Homburgs, in einem sehr schönen, großen Backsteinhaus abseits der Stadt – mit Garten und sogar einem Pool. Direkt vor dem Fenster hatte ich beim ersten Mal gestanden und meine Nase gegen die Scheibe gedrückt. Sie hatten mit Hannah zusammen am Tisch gesessen und zu Abend gegessen. Beim zweiten Mal war ich ihnen in einer Einkaufsstraße hinterhergeschlichen. In einem Einkaufszentrum hatte Frau Emmenthal etwas Neues zum Anziehen für Hannah gekauft. Es waren, glaube ich, zwei Sweatshirts, ein paar Jeanshosen und Turnschuhe gewesen. Ich hatte sogar beobachten können, wie Hannah und die Frau miteinander gelacht hatten. Beruhigt hatte ich also feststellen können, dass es meiner kleinen Hannah gut ging. Nun konnte ich meine Arbeit fortsetzen. Ich beschloss in Deutschland zu bleiben, denn in diesem Land gefiel es mir außerordentlich gut.

Kapitel 10

In den folgenden Jahren habe ich so viele Kinder glücklich machen können. Da war der kleine Emil, dessen Eltern sich immer ge-
stritten haben. Ich habe ihm durch diese schwierige Phase hindurch
geholfen. Dann habe ich Ming gefunden, ein asiatisches Mädchen,
das Opfer von Rassismus wurde. Anschließend waren da noch Gabi,
Felix, Sascha, Sabrina, Claudio, Anabelle, Lisa, Norbert, ... und viele
andere. Es ging immer weiter. Es gab einfach zu viel Kummer und
Leid für Kinder. Es hörte einfach nie auf ...

Eines Nachmittags hielt ich mich in Stuttgart auf. Diese Stadt
hatte ich mittlerweile seit sechs Jahren nicht mehr besucht. Mein
letzter Schützling Ben hatte mir aber von einem großen Museum in
Bad Cannstatt erzählt, dass sich zentral in der Stadt befand. Und so
war ich neugierig geworden. Ab und an konnte sich ein Bondondo
ruhig etwas Zeit für sich nehmen. Immerhin hatte ich meinen letzten
Auftrag erfolgreich abgeschlossen. Schon von weitem sah ich die
Gebäude des Museums erstrahlen. Je näher ich an die Fassade aus
Glas und Metall herankam, desto beeindruckter war ich. Die riesen-

große Warteschlange, die sich vor dem Einlass in einen silberfarbenen Zylinder erstreckte, ging nur schleppend voran. Nur gut, dass ich für die Leute unsichtbar war und mich einfach an ihnen vorbeischlängeln konnte, ohne Eintritt zu bezahlen. Das war eines der vielen Privilegien, die man als Bondondo hatte.

Nach Betreten des Gebäudes sah ich einen großen, leeren Raum. Wo waren denn all die Autos, wegen denen ich gekommen war? Das Geräusch klackernder Schuhe hallte von den Wänden wider. Es war der Führer, der einige Leute und mich zu einem Aufzug geleitete. Dieser schoss schließlich fünfzig Meter mit uns nach oben. Schwarz-Weiß-Filme an den Wänden bewegten sich mit der Aufzugkabine ebenfalls nach oben und boten erste Eindrücke aus der Pionierzeit des Automobils. Es gab genau neun Ebenen zu entdecken, sieben Mythos-Räume, die dem Besucher einen Einblick in die Welt der Erfindungen und die Technik des Automobils verschafften. Wow, waren da vielleicht coole Autos in den unterschiedlichsten Farben und Größen zu sehen! Ein Automodell gefiel mir ganz besonders gut. Mein Lieblingsflitzer sozusagen: der Silberpfeil, ein Rennwagen aus der Formel 1. Ich konnte einfach nicht widerstehen, setzte mich regelrecht angetan in das Ausstellungsstück und fühlte mich wie ein Rennfahrer des Grand Prix'. Es war ein tolles Gefühl in den kühlen Ledersitz zu versinken, das Lenkrad in meinen Händen zu spüren, zu drehen und dabei so zu tun, als würde ich wirklich fahren.

Genau mit dieser Begeisterung verließ ich nach geschlagenen

drei Stunden das Museum. Gut gelaunt schlenderte ich durch die Straßen, genoss die Sonne und den Wind auf meiner Haut. Dann war es plötzlich wieder da! Das Stechen in meiner Brust meldete sich erneut. Es ließ mich für einen kleinen Moment aufschrecken. Hier, ganz in der Nähe also, befand sich mein nächster Schützling. Es war immer dasselbe. Auf der Suche nach ihnen fühlte ich mich jedes Mal aufs Neue wie eine Wünschelrute, die, je näher sie ihrem Ziel kam, mehr und mehr ausschlug. Als ich auf der nächsten Kreuzung abbog, verdoppelte sich mein Schmerz. Es war nicht mehr weit. Jeder Schritt wurde quälender für mich. Dann, als ich das Gefühl hatte, mein Brustkorb würde zerspringen, fand ich ihn endlich. Um genau zu sein hörte ich zunächst sein Weinen. Hinter der steinernen Mauer eines kleinen Hinterhofs, abseits einer Gasse, saß er. Er hatte sich versteckt. Er hatte die Knie unter sein Kinn gezogen, sein Kopf ruhte darauf. Erschrocken blickte er mich an, als ich nähertrat.

»Hab keine Angst. Ich werde dir nichts tun. Ich bin Mando«, beschwichtigte ich und hockte mich sogleich direkt neben den Jungen, der mich immer noch wie vom Blitz getroffen anstarrte. Ich schenkte ihm ein aufrichtiges Lächeln. »Wie heißt du?«, wollte ich wissen.

»Ich … Ich heiße David«, gab der Kleine zögerlich zurück. Misstrauen las ich in seinen Augen.

»Möchtest du darüber sprechen, was passiert ist? Ich bin der beste Zuhörer, den man sich vorstellen kann«, meinte ich, während ich ihm aufmunternd zuzwinkerte.

David schniefte und befeuchtete mit der Zunge seine trockenen Lippen. »Ich bin gerade von der Schule weggelaufen, mitten in meiner Pause. Deswegen werde ich mächtig Ärger kriegen!«

»Wieso bist du denn weggelaufen?«, fragte ich.

»Es gibt da zwei Jungs, Thorsten und Samuel, die trietzen mich ständig und verhauen mich sogar«, antwortete David mit brüchiger Stimme.

»Mh …«, machte ich und zog die Stirn kraus. Ich hasste es, wenn Kinder so gemein zu anderen waren, dass sie sie sogar verdroschen. Zur Genüge kannte ich das. Mehrere großkotzige Jungs stürzten sich auf einen Schwächeren, der eigentlich gar nicht schwach war, sondern nur unterlegen, weil diese Typen sich in der Mehrzahl befanden und sich deshalb trauten zuzuschlagen.

»Du wirst sicher keinen Ärger kriegen, David. Wenn du einfach die Situation erklärst, wird es am Ende nicht so schlimm werden.« Der Junge zog die Beine noch näher an seinen Körper und machte eine Grimasse.

»Du hast echt keine Ahnung, Mando. Mein Vater ist der Schulleiter. Er hat kein Verständnis für so etwas. Eigentlich werde ich ja auch nur wegen ihm fertig gemacht«, murmelte David und vergrub das Gesicht in seinen Händen.

Ich kratzte mich am Hinterkopf, drückte meinen Rücken gegen die Mauer. »Nur weil er der Schulleiter ist? Du kannst doch auch nichts dafür, dass dein Vater so einen Job hat«, rechtfertigte ich sogleich energisch und konnte beobachten, wie David niederge-schlagen den Kopf schüttelte. Der Junge hatte tiefbraune Augen, die fast schon schwarz wirkten, sein Haar war weizenblond und fast so hell wie die Sonne. Mit einem Ruck erhob ich mich und streckte ihm meine Hand entgegen. »Komm, wir gehen woanders hin. Irgendwo, wo es nicht so trostlos aussieht«, forderte ich ihn auf.

Wir marschierten dann beide zusammen zu einem nahegelegenen Park. Der Rosensteinpark wies eine ungeheure Fläche von Wiesen und Fußwegen auf. Genau das Richtige für uns, dachte ich. Ich hielt es für die beste Idee, wenn der Junge dort ein bisschen spielen und sich von seinem Kummer ablenken konnte. Immerhin war das Leben doch schön, das Wetter warm. Höchste Zeit also für ein bisschen Spaß! Munter begann ich im Gras auf und ab zu hüpfen, machte einen Salto und einen Kopfstand. Bondondos waren sehr geschickt, was Akrobatik betraf.

David staunte nicht schlecht und begann mit den Händen zu klat-schen. Ich verbeugte mich sogleich lachend und zog meinen Hut. »Das ist ja cool! Kannst du mir das auch beibringen?«

»Klar«, sagte ich, führte ihn an eine Birke, die ein paar Schritte weiter entfernt wuchs und gab ihm die Anweisung, seine Hände in das Gras zu stützen und seine Füße auf die dicken Wurzeln der Birke zu setzen. »Wenn ich jetzt deine Füße hochhebe, musst du versuchen mit deinen Händen weiter nach hinten zu kommen, um dich dann an den Wurzeln festzuhalten«, erklärte ich und fing an Davids Beine langsam nach oben zu ziehen. Einige Fußgänger, die uns passierten, pfiffen sogar und applaudierten David, als sie den Jungen mehr und mehr nach oben zu seinem Handstand klettern sahen. »So, jetzt stehst du auf dem Kopf und kannst alles verkehrt herum betrachten«, witzelte ich, während ich weiterhin Davids Beine festhielt. Und schon hatte ich es geschafft, ihn aufzuheitern, denn er lachte zum ersten Mal. Das war das, was ich an meinem Job am meisten liebte.

Schließlich steuerten wir auf den Spielplatz des Parks zu, dessen Klettergeräte, Seile und Rutschen, eine große Spielpyramide bildeten. Man bekam sofort Lust an den Seilnetzen nach oben zu klettern, um auf die große Rutsche zu gelangen, die die Form eines überlangen Rohres aufwies. David war beim Klettern schneller als ich. Ruckzuck war der Junge auch schon wieder runtergerutscht und landete mit den Füßen im gelben Sand, der, von den Sonnenstrahlen erwärmt, regelrecht leuchtete.

»Komm nach unten, Mando!«, rief er mir zu.

Ich zögerte einen Augenblick in das große, glatte Rohr zu steigen. Noch zu genau waren mir die Erinnerungen von vor etwa zwei Jahren gegenwärtig, als ich in München in so eine Rutsche gestiegen war. Ich wäre fast nicht mehr herausgekommen. Aus diversen, mir unerfindlichen Gründen, war ich plötzlich stecken geblieben, obwohl ich alles andere als dick war. Das war vielleicht ein Theater gewesen! Ich hatte für mindestens fünf Minuten den ganzen Verkehr aufgehalten. Die Kinder hinter mir hatten sich immerzu gefragt, was da wohl los gewesen sein könnte. Ich hatte ganz schön drücken und quetschen müssen, ehe ich endlich unten angelangt war ...

Durch dieses Erlebnis hatte ich irgendwie eine Phobie vor Rutsch-Rohren entwickelt. Wieso konnte man so eine Rutsche denn nicht für alle Größen gestalten? Auf Davids erneutes Rufen gab ich mir einen Ruck und stieg in das Rohr. Ich tastete nach genügend Freiraum und fand ihn zu meiner Erleichterung auch. So rutschte ich beruhigt die Strecke nach unten und landete jubelnd im warmen, weichen Sand.

Am Nachmittag dann nahm David mich mit zu sich nach Hause. Ich staunte nicht schlecht, als ich statt eines normalen Hauses, wie ich es erwartet hatte, diese prunkvolle Villa vorfand. Das gläserne Dach des Wintergartens glänzte und funkelte in der prallen Sonne. Beim Hineintreten fiel mir auf, dass in diesem großen Anwesen keine Spur von Gemütlichkeit herrschte. Die Wände und die Designermöbel waren allesamt in Weiß gehalten und wirkten steril. Man traute sich überhaupt nicht, etwas anzufassen oder gar sich irgendwo hinzusetzen, aus Angst etwas von diesen piekfeinen Dingen aus ihrer gewohnten Ordnung zu werfen. Alles hier in dieser Umgebung bestand entweder aus Glas oder weißem Marmor. Die Wohnzimmergarnitur war mit kaltem, weißem Kunstleder überzogen. Alles so rein gar nicht mein Geschmack. Wie konnte ein Kind nur in so einer Atmosphäre spielen?

»Hallo David!«, hörte ich eine dunkle Frauenstimme.

Aus einem Nebenzimmer kam eine kleine, stabile Frau mit roten Haaren zu uns ins Wohnzimmer gelaufen. »Das ist Susanne, meine Nanny«, flüsterte David mir zu.

»Was hast du gesagt?«, fragte Susanne mit runzelnder Stirn. Ihr Blick schien ernst. Ich erkannte deutlich Sorgenfalten in ihrem Gesicht.

»Das ist Mando, mein neuer Freund. Ich hab ihn zu uns nach Hause eingeladen.«

Susannes Augen verengten sich. »Komm, hör auf mit dem Unsinn, mein Junge. Nur gut, dass dein Vater gerade nichts von deinen Phantastereien mitbekommen hat. Er ist nach wie vor in heller Aufruhr wegen dir!«, sprach die Nanny in strengem Tonfall weiter. »Weißt du eigentlich, welche Sorgen dein Vater sich um dich gemacht hat? Du bist einfach von der Schule abgehauen und besitzt den Nerv erst nachmittags hier aufzukreuzen! Und obwohl du ein Handy hast, rufst du nicht einmal an. Ich habe mir nämlich ebenfalls Sorgen gemacht.«

Ein wenig eingeschüchtert starrte David auf den Boden. »Tut mir leid, Susanne. Wo ist mein Vater jetzt?«

Die Gesichtszüge der Frau wurden weicher. »Er steckt noch in einer Konferenz, hat mich aber darum gebeten, ihm sofort Bescheid zu geben, wenn du auftauchst«, antwortete Susanne und schnappte sich auch schon das Telefon, das auf der großen Vitrine neben dem Sofa ruhte. »Möchtest du noch einen Teller Suppe essen oder lieber solange warten, bis es in zwei Stunden Abendbrot gibt?«, fragte die Nanny, während sie noch damit beschäftigt war, die entsprechende Nummer in das Telefon einzutippen.

David schüttelte mit dem Kopf und sprintete schnurstracks die Treppe nach oben zu seinem Zimmer. »Komm mit, Mando!«, rief er mir schnell hinterher.

»Hallo Herr Bender! Ich wollte Ihnen Bescheid geben, dass Ihr Sohn wieder aufgetaucht ist«, hörte ich noch die Stimme der Nanny an mir vorbeiziehen, als ich David nach oben folgte. Das Zimmer des Jungen schien ebenso steril zu sein wie der Rest des Hauses. Keine Fussel, nicht das kleinste Staubkörnchen waren dort zu finden. Sehr ungewöhnlich für ein Kinderzimmer. Noch ungewöhnlicher war, dass es keine Spielsachen gab. Lediglich ein riesiges Bett sah ich in diesem sehr großen, geräumigen Zimmer stehen, eine Sitzcouch sowie links und rechts davon zwei rundliche Sessel, dann noch ein Schreibtisch mit Drehstuhl und Computer.

»Wieso hast du kein Spielzeug?«, wollte ich von David wissen, ließ mich auf den Drehstuhl plumpsen und drehte mich damit immer wieder um meine eigene Achse.

»Papa findet, dass ich dafür schon zu alt bin.«

Ich zog eine Grimasse. »Zu alt? Für Spielzeug? Ich finde, das kann man nie sein.«

»Papa hat all meine Spielautos und Stofftiere nach meinem neunten Geburtstag fortbringen lassen. Er findet, dass mich die Sachen nur von der Schule und meiner Entwicklung ablenken.«

Das war der größte Schwachsinn, den ich je gehört hatte! Kinder brauchten gerade wegen ihrer Entwicklung etwas zum Spielen. Ich erspähte ein kleines eingerahmtes Bild auf seinem Nachtisch. Darauf war David zu sehen, als er noch sehr, sehr klein war. Höchstens drei Jahre alt, schätzte ich. Eine zierliche, dunkelhaarige Frau mit einem warmen Lächeln hielt ihn auf dem Arm.

»Das auf dem Bild ist sicherlich deine Mutter«, hakte ich nach und zeigte auf das Foto.

»Ja. Da bin ich zusammen mit ihr drauf. Sie starb bei einem Verkehrsunfall vor sechs Jahren. Ich war noch zu klein und kann mich kaum an sie erinnern. Aber Papa vermisst sie jeden Tag. Das merke ich oft«, gestand der Junge bitter.

»Oh, das tut mir sehr leid, David!«, sagte ich mitfühlend und gesellte mich zu dem Jungen aufs Bett.

»Papa wird sicherlich gleich kommen und mir eine mächtige Standpauke halten«, wechselte er das Thema.

Ich schob mir eine meiner Haarsträhnen, die mir ins Gesicht gerutscht war, zurück hinters Ohr und sagte: »Hör zu, David! Du darfst deinem Vater nichts von mir erzählen. Erwachsene können mich nicht sehen. Außerdem denke ich, dass dein Vater ansonsten noch wütender werden könnte …«

David stieß ein sarkastisches Lachen aus. »Oh, das hätte ich mich ohnehin nicht getraut. Ich weiß, dass er mir sowieso nicht glauben würde.«

Etwa eine halbe Stunde später erklangen massive Schritte – das Geräusch dicker Schuhsohlen, die die Wendeltreppe heraufkamen. Wir beide waren gerade dabei, eines von Davids tollen Computerspielen auszuprobieren – ich bezweifelte, dass Herr Bender von diesen Computerspielen wusste. Ich freute mich immer, wenn die Kinder mir mehr über Technik und Computersachen beibrachten und erklärten. Nur die wenigsten Kinder, die ich betreute, besaßen einen Computer oder Videospiele, was für mich auch nicht weiter schlimm war. Ich bevorzugte nämlich das Toben an der frischen Luft, aber Interesse hatte ich an diesen Dingen schon. Das Quietschen der Tür ließ David für einen kurzen Moment zusammenfahren. Ich erblickte einen großen, schlanken Mann mit Schnäuzer. Sein beiger Designeranzug wirkte sehr adrett und modern. Der Blick, den der Mann – Herr Bender – aufsetzte, war alles andere als erfreut.

»Mein Junge, was hast du dir dabei gedacht, einfach die Schule zu schwänzen und wegzulaufen?«, tadelte Davids Vater ein wenig aufgebracht, während er sich seinem Sohn mit sicheren Schritten näherte, um ihn mit seinen vorwurfsvollen Blicken besser durchbohren zu können. Immerzu fasste Herr Bender sich an den Kopf, so wie man sich manchmal gedankenverloren durchs Haar wuschelt – nur mit dem kleinen Unterschied, dass Herr Bender am Hinterkopf fast keine Haare mehr besaß.

»Es tut mir leid, Papa. Das wird nicht mehr vorkommen!«

»Natürlich wird das nicht mehr vorkommen, Sportsfreund.« Ich konnte schnell den wütenden Unterton in der Stimme des Vater ausmachen.

»Du hast Stubenarrest für den Rest des Monats. Weißt du eigentlich, dass du mich vor der halben Schule, vor allem vor meinen Kollegen, blamiert hast?«

War das alles, woran er dachte? Hatte er sich denn überhaupt keine Sorgen gemacht, wie Susanne vor ein paar Stunden noch erwähnt hatte? Immerhin war David doch für einige Zeit spurlos verschwunden!

Wild ruderte Herr Bender mit den Armen – eine Geste, die er wohl sehr gern einsetzte. »Ich als Schuldirektor habe meinen eigenen Sohn nicht mehr unter Kontrolle, so reden die Leute über mich!« Am liebsten wollte ich mich jetzt hinter Davids Vater stellen und ihm einen Vogel zeigen. Und wenn ich schon dabei wäre, gleich noch ein paar Hasenohren hinter seinem Kopf machen. Doch ich verkniff es mir. Ich konnte David in dieser Situation nicht zum Lachen bringen. Jetzt nicht.

»Papa, es tut mir leid, aber die anderen Jungs haben …«

»Ach, die anderen Jungs«, unterbrach Herr Bender seinen Sohn und winkte mit einer Hand ab, so als wolle er damit ausdrücken, dass es ihn nicht im Geringsten interessiere.

»Aber …«

»Ich will nichts mehr hören!« Mit diesen Worten verließ er Davids Zimmer.

Kapitel 11

Am nächsten Tag nach der Schule vertrieben David und ich uns die Zeit damit, fangen zu spielen. Außerdem stellten wir Actionszenen aus Spiderman- und Ironman-Comics nach. Diese Helden fanden wir beide ziemlich cool. Des Öfteren kam Susanne zu uns nach oben um nachzusehen, ob auch alles in Ordnung war, da sie wildes Poltern und Jauchzen aus Davids Kinderzimmer nicht gewohnt war. Sie hatte den Jungen nur mit einem merkwürdigen Blick bedacht und hatte dann ihre Arbeit in der Küche fortgesetzt. Wie ich gehört hatte, war sie sozusagen das Mädchen für alles: Hausputz, Kochen und vor allem natürlich das Kinderhüten. Herr Bender musste wirklich ein viel beschäftigter Mann sein. Er war sogar im Stadtrat tätig. Aber man kann doch nie zu beschäftigt sein, um Zeit mit seinem Sohn zu verbringen …

Ich war nur froh, als David mir berichtete, dass diese beiden Jungs, Thorsten und Samuel, ihn jetzt (oder zumindest vorläufig) in Ruhe ließen. Sie hatten sich ein anderes Opfer ausgesucht, meinte er. Wenigstens ließen sie David nun zufrieden. Doch natürlich tat mir jedes Kind leid, das in so einer Situation steckte.

Am späten Nachmittag – es war fast schon Abend – erreichte Herr Bender sein Zuhause. Müde und abgekämpft ließ er sich auf sein Sofa plumpsen, streifte mit einer fließenden Bewegung seine Lederslipper von den Füßen und streckte diese mit einem tiefen Seufzer genüsslich von sich.

Susanne kam gerade aus dem Esszimmer. »Hallo Herr Bender!«, begrüßte sie ihn freundlich und zupfte sich eine wilde Lockensträhne aus den Augen.

»Hallo Frau Brückner!«, gab der Mann weniger freundlich als sachlich zurück, rollte träge mit den Augen und ließ sich tiefer in das glatte Leder der Couch sinken.

»Das Essen ist so gut wie fertig und muss nur noch warm gemacht werden.«

»Wunderbar, Frau Brückner. Wenn Sie damit fertig sind, können Sie gern Feierabend machen.«

»In Ordnung, Herr Bender«, entgegnete die Frau und steuerte sogleich die Küche an. Ein Plumpsen war wenig später aus der oberen Etage, aus Davids Zimmer, zu hören. Herr Bender horchte auf. Schließlich stampfte und plumpste es erneut.

»Nanu«, murmelte er. Gequält erhob er sich und lief zu Susanne in die Küche. »Was treibt David denn da?« Grimmig zwinkerte Herr Bender mit den Augen.

»Er tobt schon den ganzen Nachmittag so wild herum«, erwiderte die Frau.

Herr Bender schnaubte. »Wenn das ein Aufstand wegen seines Hausarrests sein soll, stößt der Bengel auf Granit«, knurrte er verärgert und ließ Susanne weiter herumwerkeln.

Gerade holte sie Teller und Besteck aus Schrank und Schublade, um diese im Esszimmer zu platzieren. Als Herr Bender bereits am Esszimmertisch Platz genommen hatte, hörte er plötzlich verdächtiges Geflüster aus dem Flur.

»Ja, Mando, das habe ich doch gleich gesagt!« Wenige Sekunden darauf erschien sein Sohn im Zimmer. »Hallo Papa!«, sagte David und setzte sich seinem Vater gegenüber an den Tisch.

»Mit wem redest du da, Junge?«

»Äh, mit niemandem.«

»Du hast gerade *Ja, Mando* gesagt. Hast du vielleicht irgendwo versteckten Besuch?« Sein Vater zog eine Augenbraue nach oben.

»Nein, habe ich nicht«, antwortete der Junge und kaute nervös auf seiner Unterlippe.

Skeptisch sah Herr Bender seinen Sohn nun an. Nachdem Susanne eine große Keramikschale mit wohlig duftendem Kartoffelgratin auf dem Tisch abgestellt und sich verabschiedet hatte, wurden die Gesichtszüge des Mannes allmählich wieder weicher.

»Hör mal, Junge, vielleicht war ich gestern eine Spur zu hart zu dir.«

Hört, hört!, dachte ich. Ich saß gerade auf einem Stuhl, hatte meinen Kopf auf meine Hände gestützt und lauschte aufmerksam Herrn Benders Worten.

»Es soll nur nicht in der Schule herumgesprochen werden, dass ich dich als meinen Sohn bevorzuge, verstehst du?«, erklärte er unbeholfen und schob sich eine Gabel mit Gratin in den Mund.

War das wirklich seine einzige Sorge? Er hatte wirklich keine Ahnung, was bei seinem Sohn ablief! David nahm nach langem Stochern in seinem Essen nun ebenfalls einen Bissen Gratin in den Mund und nickte.

»Aus dem Rest des Monats Stubenarrest machen wir den Rest der Woche«, meinte der Vater deutlich milde gestimmt, beugte sich über den Tisch und tätschelte David den Kopf.»Ich weiß, ich bin die ganze Woche ziemlich eingespannt gewesen, David. Ich verspreche dir, dass wir nächste Woche etwas zusammen unternehmen werden. Nur du und ich. Wir könnten in den Zoo oder ins Kino gehen, was du eben lieber willst, mein Sohn. Du kannst entscheiden«, fügte Herr Bender noch hinzu und schmunzelte David an. Dann beobachtete ich, wie er das große Schwarz-Weiß-Foto seiner verstorbenen Frau anstarrte, welches über dem Kaminsims hing.

Gut, es fiel Herrn Bender schwer Gefühle zu zeigen. Er liebte David über alles, das erkannte ich nun deutlich in seinen Augen und wenigstens war er jetzt nicht mehr unnötig böse auf seinen Sohn. Es konnte für den Mann sicherlich nicht einfach gewesen sein, nach dem Tod seiner Frau völlig allein mit seinem dreijährigen Sohn dazustehen, kam mir in den Sinn.

»Onkel Ben holt dich morgen von der Schule ab«, wechselte der Vater das Thema. Ich habe ihm gesagt, dass du Stubenarrest hast und ihr beide drinnen etwas machen könnt. Onkel Ben könnte dir zum Beispiel bei deinen Hausaufgaben helfen oder dir Klavierunterricht geben.«

»Oh, das klingt ja so spannend wie ein Schneckenrennen«, entwich es mir.

David fing an zu kichern.

»Was ist bitte so komisch daran?«, wollte Herr Bender wissen und kratzte das letzte Stück Brokkoli mit Kartoffel von seinem Teller.

»Nichts, Papa.« Der Junge setzte ein so breites Grinsen auf, dass sein Zahnfleisch hervortrat. Dann schaute er zu mir.

Herr Bender brummte noch etwas wie »Der Junge wird immer sonderbarer«, und stand dann auf um das schmutzige Geschirr in die Spülmaschine zu räumen.

David lag bereits in seinem Bett. Es war kurz nach neun. Die Zeiger der großen Wanduhr, die im Dunkeln grün aufleuchteten, verrieten es mir. Ich saß ein wenig gelangweilt in meinem Drehstuhl und versuchte möglichst nicht zu laute Drehgeräusche zu fabrizieren.

»Mando?« Der Kleine war also noch wach.

»Ja!«, antwortete ich.

»Morgen lernst du Onkel Ben kennen.«

»Richtig, er holt dich ja morgen von der Schule ab. Ich bin schon sehr gespannt auf ihn.«

»Du wirst ihn mögen. Er ist sehr lustig«, gab der Junge zurück.

Dann herrschte Schweigen zwischen uns. David drehte sich auf die andere Seite des Bettes und versuchte zu schlafen. In den nächsten zehn Minuten jedoch wälzte er sich immer wieder hin und her.

»Kannst du nicht schlafen?«, flüsterte ich ihm schließlich zu.

Der Junge seufzte leise. »Nein. Irgendwie nicht. Ich habe Durst. Ich hole mir eben einen Schluck Milch aus dem Kühlschrank«, verriet er mir und marschierte auch schon barfuß los.

Am Treppenabsatz angelangt, hörte David die Stimme seines Vaters: »Du wolltest doch aber morgen kommen, Ben!«

Dann war alles still. Der Junge hielt inne. Er wollte hören, warum Onkel Ben scheinbar keine Zeit für ihn hatte.

»In Ordnung, Bruderherz. Das holt ihr dann ein anderes Mal nach.«

David seufzte enttäuscht.

»Nein, es ist momentan nicht alles so einfach für David und für mich«, sagte Herr Bender mit traurigem Klang in der Stimme. »Ja, ich vermisse Nadja noch immer an jedem einzelnen Tag.« Erneutes Schweigen.

Dann: »Nein, ich liebe den Jungen wie meinen eigenen Sohn. Ich werde nie bereuen, dass Nadja und ich David damals adoptiert haben.«

Die letzten Worte ließen den Schock nur so in Davids Körper fahren. Er hockte sich auf eine Stufe und schien wie gelähmt zu sein. Genau in diesem Zustand fand ich ihn vor, nachdem ich nach etwa fünf Minuten wissen wollte, ob alles in Ordnung war.

»David, was ist los?«, fragte ich.

Der Junge gab keinen Mucks von sich.

Ich setzte mich direkt neben ihn. »Hey!« Nun legte ich einen Arm um seine Schulter und merkte, wie er plötzlich anfing zu weinen. »Komm, ich bring dich jetzt wieder zurück in dein Bett«, entschied ich und trug den Kleinen dorthin zurück. Sacht strich ich über seine Stirn, deckte ihn zu. Ein leises Wimmern war zu hören. Dicht vor David hockte ich nun – besorgt und ratlos.

»Mein Papa ist gar nicht mein echter Papa!«, hörte ich David nach einer Weile wispern.

»Was meinst du damit?«, wollte ich irritiert von ihm wissen.

»Ich habe vorhin gehört, wie Papa zu Onkel Ben am Telefon gesagt hat, dass er mich damals adoptiert hat.«

Wieder fing David an zu schluchzen.

»Hey, hey! Ganz ruhig«, versuchte ich den Jungen halbwegs zu beruhigen und nahm ihn in meine Arme.

Kapitel 12

Die nächsten Tage waren sehr schwierig für David, da der Junge niemanden zum Reden hatte außer mir und er Herrn Bender kein Sterbenswörtchen von dem mitgeteilt hatte, was er an diesem Abend mit angehört hatte. Das hatte er noch nicht gewagt. Noch immer war er total durch den Wind und wusste nicht, was er tun sollte. Nur verständlich. Sein Stubenarrest war längst vorbei und deshalb verbrachten wir diesen Nachmittag zusammen im Park.

»Ich muss immer daran denken, dass mein Vater nicht mein echter Vater ist«, erklärte David mir. Er saß zurückgelehnt auf einer Bank, während ich auf der Lehne Platz genommen hatte und meine Beine auf dem Sitz der Bank ruhten.

»Er ist dein Vater!«, sagte ich und sah ihn aus sicheren Augen an. »Er hat dich großgezogen, er liebt dich und er hat so viel Zeit mit dir verbracht. So etwas macht einen Vater schlussendlich aus. Nichts anderes!«, fuhr ich entschlossen fort.

David zog nachdenklich die Stirn kraus. Er griff nach einem großen Stock, der zu seiner Rechten an der Bank lehnte und malte damit immer größer werdende Kringel in die staubige Erde. Es war heiß. Ein paar Meter weiter vor uns in den Grünanlagen konnte man beobachten, wie einige Männer vom Parkpflegewerk die Grünfläche sowie die wunderschönen angepflanzten Mohnblumen, Zypressen, den Buchs und die Rosen mit kühlem Wasser besprenkelten.

»Du hast recht«, gab David schließlich zu und schaute vom Boden wieder zu mir auf. »Ich habe ihn so lieb. Aber ich frage mich immerzu, wer wohl meine richtigen Eltern sind. Warum hat meine Mutter mich damals weggegeben?«

Seine Fragen waren natürlich berechtigt. Man konnte sie dem Jungen kaum ausreden. Auch wenn ich ihn gern von seinem Kummer abgelenkt hätte, gelang es mir einfach nicht. Immerzu grübelte David vor sich hin, wollte nicht rennen oder laufen, sondern einfach nur auf seiner Bank sitzen und nachdenken. Ich beobachtete die Falten auf seiner Stirn sowie sein nervöses Nägelkauen.

»Ich muss wissen, wer meine Mutter ist, wo sie lebt, wie sie heißt und wie ich sie finden kann. Ich muss es einfach herausfinden, Mando!«

Ich sah ihn skeptisch an. »Das ist nicht so einfach, David. Die einzige Möglichkeit, etwas herauszubekommen, wäre über deinen Vater«, gab ich zu bedenken.

Der Junge schüttelte mit dem Kopf. »Nein, Papa hat schon genug Stress und außerdem kenne ich ihn zu gut. Er würde mir sicherlich nichts verraten. Es würde ihm weh tun und das will ich nicht!«

Ich seufzte. »Ja, aber was willst du stattdessen tun? Ich meine, vielleicht wäre es besser, sie, also deine Mutter, nicht kennenzulernen. Wer weiß, wie sie reagieren würde oder was sie für Probleme hatte oder noch hat …«

David drückte seinen Stock so tief in die Erde, bis er sich bog und schließlich brach.»Ich muss es trotzdem tun, Mando. Hilfst du mir bitte dabei?«

Ich machte große Augen, mein Mund war weit geöffnet.»Wie soll ich dir helfen? Wie meinst du das?«

David holte tief Luft, erhob sich von der Bank und griff nach meiner Hand.»Komm, ich erkläre dir alles auf dem Weg nach Hause«, meinte er.

Fragend sah ich ihn nach ein paar Metern an und wollte endlich wissen, was genau er zu unternehmen gedachte.

Endlich redete er wieder.»Mein Vater hat ein Arbeitszimmer. Es befindet sich oben bei uns direkt neben seinem Schlafzimmer und es ist immer abgeschlossen.«

Noch immer wusste ich nicht, worauf er eigentlich hinaus wollte. »Ja und?«

»Ich bin sicher, dass er dort in irgendeiner Schublade oder in einem Schrank Papiere über meine Adoption aufbewahrt. Du musst nur mit Papa zusammen in sein Büro gehen, denn er kann dich nicht sehen und …«

»Stopp mal!«, unterbrach ich David und blieb mitten auf der Kreuzung vor ihm stehen.»Du möchtest also, dass ich mich in Herrn

Benders Büro schleiche und Papiere durchwühle?«

David begann energisch mit seinem Kopf zu nicken. Ein kleiner Hoffnungsschimmer breitete sich auf seinem Gesicht aus.

»Aber wenn er wieder abschließt, komme ich nicht raus. Ich bin kein Geist. Das verwechseln die meisten Kinder ...«

David biss sich auf die Unterlippe und sah mich flehend an. »Er wird irgendwann wieder zurückkommen. Dann kannst du wieder raus. Bitte, Mando, hilf mir!«

Wie hätte ich diese in solch einem herzerweichendes Flehen vorgetragene Bitte schon ablehnen können? Ich wusste zwar nicht, ob das wirklich so eine gute Idee war, doch ich stimmte zu.

Es dauerte genau zwei Tage bis ich die Gelegenheit hatte das Arbeitszimmer zu betreten. Am Donnerstagnachmittag, David war mit seinem Onkel ins Schwimmbad gefahren und Herr Bender war mit der Erklärung daheim geblieben, dass er noch den neuen Stundenplan seiner Schule erstellen musste. Also genau die Gelegenheit für mich, ihm unauffällig in seine Arbeitsräume zu folgen. Das Büro war eher klein gehalten. Es befand sich ein großer Schreibtisch aus Buche darin, worauf sein Computer und ein paar Akten ruhten. Weitere dicke, teilweise staubige Aktenordner befanden sich im Regal direkt darüber. Auf der rechten Seite war ein mittelgroßer Schrank zu sehen. Verschnörkelte Muster, die Rosen darstellten, waren in die Schranktüren eingebettet. Stöhnend nahm Herr Bender in seinem

Schreibtischstuhl Platz. Aus der Brusttasche seines Hemdes zog er eine Lesebrille hervor, die er sich auf die Nase setzte, und dann stellte er den Computer an. Ich stand in einer Ecke neben einer großen Stehpalme und wartete. In das Zimmer fiel fließend helles Tageslicht, das sich warm auf die Wände ergoss und das kleine Arbeitszimmer freundlich erscheinen ließ. Eifrig tippte Herr Bender auf seiner Tastatur herum und wischte sich gelegentlich ein paar Schweißperlen von seiner Glatze. Es war sehr warm dort oben bei diesem heißen Wetter ohne Klimaanlage. Na toll, dachte ich. Wer wusste schon, wie lange ich hier oben verbringen musste! Aber David zählte auf mich. Ich wusste, dass das, was ich im Begriff war zu tun, das Richtige war.

Nach fast zwei Stunden endlich speicherte Herr Bender selbstzufrieden seinen erstellten Plan ab, betätigte anschließend den Drucker, der sich unter dem Schreibtisch befand, druckte das Dokument aus, fuhr den Computer herunter und verließ dann das Arbeitszimmer. Ich hörte noch das Rasseln eines dicken Schlüsselbundes sowie Geräusche im Türschloss, ehe er die Treppe hinunter ins Wohnzimmer stampfte.

Ich war alleine. Aufgeregt legte ich mir ein paar ins Gesicht gefallene Haarsträhnen zurück hinter die Ohren und fing mit der Suche an. Als erstes nahm ich mir das Schubladenfach am Schreibtisch vor. Da waren aber nur diverse Arbeitsunterlagen, Dokumente und alte Zeitungsartikel der Eichendorff-Schule zu finden. Dann knöpfte ich mir die drei Aktenordner auf dem Schreibtisch vor. Darin waren alte

Steuererklärungen abgeheftet, auch Rechnungen und Versicherungs-unterlagen fand ich. Ich glaubte zwar nicht, dass Herr Bender Adop-tionsunterlagen über David in einem Regal aufbewahren würde, musste allerdings trotzdem nachsehen, damit ich sicher sein konnte. Wieder nur Steuererklärungen, Urkunden, diverse Verträge, Aktien-papiere und ein Testament von Herrn Benders Eltern, aus dem her-vorging, dass sie ihm damals die gesamte Villa vermacht hatten, die sich schon seit Generationen im Familienbesitz befand.

Nur ein Adoptionsdokument war nicht zu finden. Nun blieb nur noch der Schrank übrig. Ich strich mit einem Finger über das glatte, warme Holz, zeichnete die Konturen der Rose nach, ehe ich die Tür öffnete. Im obersten Schrankfach entdeckte ich Herrn Benders kom-plette Vergangenheit; hier tummelten sich Mappen mit alten, abge-hefteten Arbeitsverträgen aus der Zeit, als Herr Bender noch als Leh-rer gearbeitet hatte, viele alte Zeugnisse und Studienarbeiten waren außerdem zu sehen. Da das unterste Fach des Schrankes leer war, blieb also nur noch der mittlere Bereich.

Ich fand dort die Sterbe-Urkunde seiner Frau, alte Zeitungsarti-kel, in denen von ihrem Unfall berichtet wurde: *Frau rast in Leit-planke und stürzt in die Tiefe*, stand in einem dieser Berichte. Warum hob Herr Bender das alles auf? Es musste doch immer wieder aufs Neue schmerzen, diese Artikel anzusehen – wenn er sie denn ansah … Als nächstes zog ich einen schwarzen Hefter heraus, nachdem ich alle anderen Unterlagen sorgfältig hochkant in die Regal-Etage zurückgestellt hatte. Mir klopfte das Herz bis zum Hals, als ich das Wort »Adoptionsvertrag« beim Blättern darin erspähte.

Aufmerksam las ich das Schriftstück durch. Darin war festgehalten, dass dieser Vertrag zwischen der Adoptionsvermittlungsstelle des Jugend- und Sozialamtes Frankfurt am Main und den Privatpersonen Theodor Bender/Nadja Bender zustande gekommen war. Sie erklärten sich bereit einen neugeborenen Jungen in Pflege zu nehmen. Jedoch war von der leiblichen Mutter hier nichts zu lesen …

Ich schluckte schwer, klappte den Hefter wieder zu und stellte ihn zurück in den Schrank. Nun ließ ich meinen Blick durch das Zimmer schweifen, um mich zu vergewissern, dass sich alles an seinem ursprünglichen Platz befand.

Kapitel 13

Schließlich hockte ich die ganze Nacht sowie den nächsten Tag bis zum späten Nachmittag in diesem blöden Arbeitszimmer. Als ich plötzlich hörte, dass sich ein Schlüssel im Türschloss umdrehte, sprang ich sofort vom Stuhl und baute mich vor der Tür auf, um rechtzeitig nach draußen schlüpfen zu können, wenn Herr Bender öffnen würde. Puh! Das wäre geschafft.

Nun musste ich David finden. Dafür brauchte ich allerdings nicht lange. Wie erwartet, hing er an den Fersen seines Vaters. Am Treppenabsatz des Flures sah ich ihn letztlich stehen. Sein Gesicht war angespannt. Ganz hibbelig trat der Junge von einem Bein auf das andere und winkte mich energisch zu sich rüber.

»Und? Und? Hast du was gefunden?« Jeder Knochen in seinem Leib war angespannt und wartete förmlich auf eine erlösende Antwort.

»Ja, ich habe etwas gefunden«, entgegnete ich und steuerte sein Zimmer an.

Hastig zog David die Tür hinter sich zu und starrte mich weiterhin mit großen Augen an. »Bitte, rede endlich!«

Ich ließ mich auf das Bett plumpsen und begann zu erzählen, was alles in diesem Adoptionsvertrag gestanden hatte. Nachdem ich fertig war, wirkte Davids gerade noch angespannte Mimik geradezu eingefallen. Enttäuschung schien sich in ihm breitzumachen.

»Und stand da nicht drin, wie meine Mutter heißt?«

Ich seufzte. »Nein, leider nicht.«

David ging zu seinem Fenster und schaute betrübt in den leicht bewölkten Himmel. Ich ging ihm nach, tätschelte tröstend seine Schulter. Ich fühlte seine Verzweiflung und verstand plötzlich, was es bedeutete die eigenen Wurzeln nicht zu kennen.

»Ich werde deine Mutter finden«, versprach ich mit sicherer Stimme.

Ruckartig drehte der Junge sich zu mir um. »Wie willst du das anstellen?«, fragte er mit hoher, zitternder Stimme.

Ich musterte ihn eingehend und antwortete: »Ich kenne die Adresse der Adoptionsvermittlungsstelle. Ich werde dort hinfahren und es genauso machen wie eben. Ich werde mich in die Büroräume schleichen und nach deiner Akte suchen. Anschließend werde ich deine Mutter aufspüren und werde dir dann verraten können, wie sie so ist.«

Überglücklich fiel David mir um den Hals. »Das würdest du wirklich für mich tun, Mando?«

Ich rückte meinen verrutschten Hut zurecht und nickte.

Also machte ich mich am nächsten Tag entschlossen auf den Weg nach Frankfurt am Main. Es verstieß zwar gegen die Prinzipien eines Bondondos seinen Schützling alleinzulassen, womöglich sogar über Tage, aber ich hielt es für das Beste für David, wenn ich zunächst allein so viel wie möglich in Erfahrung bringen würde. Was wäre denn zum Beispiel, wenn seine Mutter eine Trinkerin wäre, ein Junkie? Oder längst tot? Oder auch etwas anderes Schlimmes? Erlebnisse dieser Art wollte ich dem Jungen ersparen. Außerdem sollte er nicht von zu Hause weglaufen. So etwas brachte nur Ärger. Also machte ich mich auf den Weg und erreichte nach geschlagenen vier Stunden Fahrt mit öffentlichen Verkehrsmitteln die Frankfurter Taunusanlage. Im Laufe der letzten Jahre hatte ich mich zu einem ausgezeichneten Stadtpläne-Leser entwickelt. Ich wusste also ganz genau, wo ich mich gerade befand und wie weit ich es noch hatte, bis ich am Ziel angelangt war.

Gut eine halbe Stunde Fußweg nahm ich noch in Kauf, ehe ich dann endlich das Gebäude »Jugend- und Sozialamt« in der Emschersheimer Landstraße erreicht hatte. Hier stand ich also. Es war ein großer, roter Ziegelsteinbau mit vielen Fenstern darin, was mich ein wenig an einen Plattenbau erinnerte. Ich seufzte einmal tief und trat ein. Lange Flure, wohin das Auge reichte, viele Beamte, die von einer Tür zur anderen Tür wanderten. Einige von ihnen wirkten gestresst. Vor den Türen entlang des Flures waren mehrere Stühle platziert, auf denen wartende Menschen saßen – sicherlich mit wichtigen

Anliegen … Das schwache Licht der Deckenlampen verteilte sich in den Gängen, aber alles wirkte deprimierend. Die Fenster befanden sich überwiegend in den Büroräumen.

Wo genau sollte ich wohl anfangen? Ich kratzte mich ratlos am Hinterkopf und schritt langsam den Flur entlang. Das Gebäude war in mehrere Abteilungen gegliedert. Am Ende des Ganges, in der Nähe des Treppengeländers, war ein großes Hinweisschild zu erkennen, das besagte, dass sich die Adoptionsvermittlungsstelle in der dritten Etage befand. Jetzt war ich meinem Ziel also ein Stück näher gekommen und huschte sogleich die Treppen nach oben. Der dortige Flur war mit den anderen quasi identisch. Ich lief an vielen Leuten vorbei, bis ich plötzlich die Worte »Adoptionsunterlagen« und »Kommen Sie bitte mit« aufschnappte. Schnell war ich hellhörig geworden und folgte einer älteren Frau mit Brille, der Sachbearbeiterin, und einem jungen Ehepaar in eines der Büros. Die Bearbeiterin hatte ihr graues Haar zu einen strengen Knoten zusammengebunden, unter ihren Arm hatte sie sich eine beige Akte geklemmt. Geschäftig rückte sie ihre Brille zurecht, die auf ihrer Nase nach unten gerutscht war, und setzte sich an ihren Schreibtisch, ehe sie ihrem Gegenüber anbot auf den Stühlen vor ihr Platz zu nehmen. Während Frau Schüsling, wie die Dame hieß, sämtliche Details der angekündigten Adoption mit den angehenden Eltern besprach, sah ich mich ein wenig genauer um.

Ich befand mich in einem mittelgroßen, hellen Raum, auf dessen rechter Seite ich zwei riesige Schubladenschränke entdeckte. Als Frau Schüsling eine der Schubladen öffnete, um ihr eine Akte zu entnehmen, wurde mir klar, wie groß diese Fächer wirklich waren und wie viele Akten darin verstaut lagen. Es waren unsagbar viele!

Frau Schüslings Gespräch mit Herrn und Frau Müller, dauerte eine gefühlte Ewigkeit. Nach einer geschlagenen Stunde verließen die Müllers das Büro. Die kleine Uhr auf dem Schreibtisch verriet mir, dass es nach ein Uhr mittags war. Das Jugendamt war, soweit ich es hatte in Erfahrung bringen können, bis vier Uhr nachmittags geöffnet. Ich musste hier also noch eine Weile verharren. Die Luft in diesem Büro war trocken und stickig. Mit der Zeit mischten sich Schweiß und Parfum in das Geruchsensemble hinzu. Oh, Mann! Mir wurde regelrecht schlecht, doch ich biss die Zähne zusammen.

Als es endlich vier Uhr war, schlossen sich die Tore des Jugend- und Sozialamtes. Nun war es so still um mich herum, dass man problemlos eine Stecknadel hätte fallen hören können. Ich straffte die Schultern, steuerte auf die Schubladenschränke zu und begann darin zu suchen. Das Archivierungssystem war simpel, denn es war natürlich alphabetisch gehalten, was auch für mich den meisten Sinn ergab. In der zweiten Schublade suchte ich im Verzeichnis B fieberhaft nach dem Namen Bender. Schneller als gedacht wurde ich fündig und fischte Davids Adoptionsakte aus einem Meer von Akten heraus. Sie war eher dünn. Mit beiden Händen hielt ich sie fest, ließ mich auf einem Schreibtischstuhl nieder und fing an darin zu blättern und zu lesen. Bereits in den ersten Zeilen wurde erwähnt, welchen Namen Davids leibliche Mutter trug. Mich traf der Schlag und ein Blitz fuhr durch all meine Knochen, als ich den Namen las: Hannah Emmenthal.

Kapitel 14

Meine Schultern sackten kraftlos zusammen, doch meine Hände zitterten. Es war Hannah! Meine kleine Hannah von damals! In all den Jahren hatte ich sie nie vergessen können. Was war nur mit ihr geschehen? Wie konnte sie das tun und ihr eigenes Kind weggeben? Hannah war doch selbst einmal ein ungewolltes Heimkind gewesen. Umso schwerer war es für mich zu begreifen, wie sie dieses Schicksal ihrem Sohn zu eigen machen konnte. Ein tiefer Schmerz durchzog mich, meine Kehle war wie zugeschnürt. Ich hatte sie doch damals zu ihrem Happy End geführt! Das alles passte nicht zusammen. Etwas Schlimmes musste geschehen sein. Ich musste herausfinden was!

Entschlossen schaltete ich den Computer an. Hier drin würde zumindest, wie ich hoffte, eine Frage beantwortet werden. Und zwar, wo Hannah nun lebte. Da ich Herrn Bender sowie David beim Gebrauch dieses Dings oft zugeschaut hatte, kannte ich die wichtigsten Schritte. Ja, ich wusste sogar über dieses Google-Dingsbums Bescheid, welches David ab und zu benutzte um etwas zu suchen oder nachzuschlagen. So gab ich im Google-Suchfeld Hannahs vollständigen Namen ein. Ich wartete ab. Zwei Sekunden darauf stieß ich auf nichts Konkretes. Allerdings schlug Google mir eine Personensuchmaschine vor. Ich klickte auf die Website und gab dort erneut den Namen Hannah Emmenthal ein. Unter der Überschrift Personensuche ergab meine Eingabe leider null Treffer.

Mmh … Eine Sackgasse! Niedergeschlagen vergrub ich das Gesicht in beiden Händen. Plötzlich schoss mir eine letzte Möglichkeit durch den Kopf. Reflexartig wandte ich mich wieder dem Computer zu und gab nun im Personensuchfeld *Hannah Engeler* ein. Keine drei Sekunden dauerte es und ich wurde fündig. Meine Suche ergab genau einen Treffer. Hannah Engeler wohnte in Frankfurt, Bad Vilbel um genau zu sein. Sie hatte also ihren alten Namen wieder angenommen. Eifrig prägte ich mir die vollständige Adresse ein. Alles in mir verfolgte nur noch ein Ziel: Ich musste sie finden.

Ich setzte mich in den nächsten Zug und fuhr los. In meinem Kopf begann es zu hämmern. Ich spürte Traurigkeit und Angst in mir hochkriechen. Meine kleine Hannah, meine beste Freundin! Obwohl ein Bondondo keinen Unterschied zwischen seinen Schützlingen machen sollte, war Hannah doch etwas Besonderes für mich. Ich hatte sie immer ein bisschen mehr lieb gehabt als alle anderen. Die Befürchtung, dass ich sie in einem schlechten Zustand wiederfinden könnte, zerriss mich schier. Natürlich war Hannah inzwischen erwachsen geworden, das war mir klar. Aber sie sollte doch glücklich sein, ein schönes Leben führen. Das hatte ich mir immer so sehr für sie gewünscht.

Mit wackeligen Knien stieg ich nach einer grüblerischen Fahrt aus dem Zug und wanderte durch die Innenstadt. Die Zeiger einer Kirchturmuhr verrieten mir, dass es bereits später Abend war. Die Hitze des nun fast vergangenen Tages hatte sich im Straßenpflaster und dem Asphalt gestaut – so sehr, dass ich die aufsteigende Wärme trotz der längst untergegangenen Sonne noch auf meiner Haut spürte. Die langersehnte Kühle würde noch ein wenig auf sich warten lassen – wenn sie überhaupt kam! Ich zuckte zusammen, als ich nun wieder dieses Stechen in meiner Brust spürte. Das war eigenartig, dachte ich. Ich spürte das doch immer nur bei meinem Schützling und das war im Moment David. So etwas hatte ich immer nur vor meinen Aufträgen. War das nun ein Auftrag für mich? Hannah, obwohl sie kein kleines Mädchen mehr war, brauchte scheinbar meine Hilfe. Das stechende Pochen würde mich geradewegs zu ihr führen. Es war nur noch eine Frage der Zeit, bis ich sie wiedersehen würde. Ein Gemisch aus Unbehagen und Euphorie breitete sich in mir aus. Wie in Trance passierte ich Supermärkte, Eisdielen, Kneipen und Häusersiedlungen dieses kleinen Viertels. Wie gewohnt musste ich den Weg einschlagen, auf dem der Schmerz intensiver wurde, der Schmerz leitete mich.

Dann war es mir auf einmal nicht mehr möglich weiterzulaufen, da der Schmerz mich zu zerquetschen drohte. Er schien sich regelrecht in mir festzubeißen und nicht mehr loszulassen. Keuchend ließ ich mich seitlich auf eine Bank fallen. Was war nur los mit mir? Ich hielt inne, fasste mir mit der flachen Hand an meine Brust. Hannah musste ganz in der Nähe sein! Ich ergab mich meiner Schwäche, blieb kraftlos liegen und wischte mir den Schweiß von der Stirn. Die Geräusche fahrender Autos waren zu hören. Nur menschliche Geräusche wie Schritte oder gar Unterhaltungen konnte man in dieser doch sehr ruhigen Ecke nicht vernehmen. Jede einzelne verstrichene Minute fühlte sich wie eine Ewigkeit an. War das nun mein Ende? Nein. Quatsch! Bondondos sterben nicht. Oder vielleicht doch?

Das Klackern von Absätzen auf dem steinigen Pflaster riss mich aus meinem wirren Gedankenstrudel. Ich schrie auf, weil ich die Empfindung hatte, jemand würde mir mit der bloßen Hand mein Herz aus dem Körper reißen. Es tat so weh! Dann war plötzlich alles wieder vorbei und ich konnte mich bewegen, sogar aufstehen. Ungläubig blickte ich auf und sah eine junge Frau an mir vorbeilaufen. Sie hatte langes, kastanienbraunes Haar, das ihr fast bis zum Steißbein ging. Das olivfarbene Kleid, das sie anhatte, lag eng an ihrem Körper und betonte ihre schlanke Figur. Dieser Blick, diese Augen! Ich erkannte diese Augen. Es war meine Hannah! Sie wirkte gestresst, ja fast schon gehetzt. Sofort nahm ich die Verfolgung auf.

An der nächsten Kreuzung bog sie ab und lief die nächste Straße immer geradeaus, bis Hannah plötzlich vor einem grauen Häuserblock stehenblieb, in ihrer kleinen, schwarzen Schultertasche kramte, um einen Schlüssel hervorzuholen, mit dem sie die Tür aufschloss. Flink schob ich mich durch den Türspalt und betrat mit ihr zusammen ihre Wohnung. Unachtsam schmiss sie die Schlüssel auf die Kommode des kleinen Flures und steuerte gedankenverloren den nächsten Raum an – das Wohnzimmer. Dort legte sie ihre Tasche auf der Couch ab, streifte sich die, wie ich fand, viel zu hohen Pumps von den Füßen und ließ sich matt auf die weiche, rote Polsterung des Sofas sinken. Meinen Blick durch die sehr kleine Wohnung schweifen lassend, erkannte ich, dass diese ein wenig kahl und trist wirkte. Hannah hatte das Nötigste: einen kleinen Herd, einen Kühlschrank und ein Tischchen in der Küche, einen Fernseher und einen Tisch neben der Couch im Wohnzimmer. Jedoch waren nirgends Fotos oder Bilder zu sehen. Nichts Buntes oder Dekoratives. Die Wände waren in einem dunklen Beigeton gehalten. Durch die kleinen Fenster drang viel zu wenig Tageslicht, was eine düstere Atmosphäre schaffte. Hannahs Wohnung wirkte einfach nur trostlos auf mich. Ich ging näher an sie heran, setzte mich vor sie auf die Couch. Hannah konnte mich natürlich nicht mehr sehen. Sie war ja nun eine erwachsene Frau. Wie gern hätte ich jetzt mit ihr geredet! Ihre rehbraunen Augen starrten müde zur Wand. Sie wirkten leer, ohne jeglichen Glanz. Nach wie vor hatte sie diese drei kleinen, süßen Sommersprossen auf ihrer Nase, aber tiefe Ränder zeichneten sich unter ihren Augen ab, so als hätte sie schon tagelang nicht geschlafen. Tief atmete Hannah ein und wieder aus. Wahrscheinlich hatte sie einen harten Arbeitstag gehabt und war erledigt, kam es mir in den Sinn, während ich sie immer noch forschend anschaute. So verändert wirkte sie und doch irgendwie trotzdem noch wie meine Hannah.

Mein Blick wanderte jetzt von ihrem Gesicht weiter an ihren Armen entlang, die sie von der Couch baumeln ließ. Als ich die vielen Narben bemerkte, die ihre Arminnenflächen zierten, erschrak ich so sehr, dass ich um Fassung ringen musste. Dieser Teil ihres Körpers war übersät mit diesen tiefen Schnittwunden. Sie musste sie sich selbst zugefügt haben. Tränen schossen mir in die Augen.

»Hannah, was ist nur mit dir geschehen?«, flüsterte ich und ein winzig kleiner Teil von mir erhoffte sich in diesem Moment eine Antwort von ihr. Doch natürlich reagierte sie nicht. Ihre Augen hatte Hannah mittlerweile geschlossen und auf ihren Schultern war eine Gänsehaut zu sehen. Sie fror bei diesen Temperaturen. So unsagbar verloren wirkte die junge Frau. Gerne wollte ich sie zudecken, doch nirgends war eine Decke zu sehen. Sacht strich ich mit einem Finger zuerst ihre Wange entlang, dann glitt ich über ihre Narben, die ich gern einfach verschwinden lassen wollte. Für ein paar Sekunden zuckte Hannah zusammen. Hatte sie das tatsächlich gespürt?

Kapitel 15

Die folgende Nacht verharrte ich neben der schlafenden Hannah auf der Couch, wich ihr nicht eine Sekunde von der Seite. Sie so zu erleben, so völlig abgekämpft und kraftlos, versetzte mir einen heftigen Stich. Am frühen Morgen dann, kurz nach Sonnenaufgang, konnte ich beobachten, wie Hannah langsam die Augen aufschlug. Das schwache Sonnenlicht zeichnete sich auf ihrer hellen Haut ab und ließ sie golden erscheinen. Stöhnend erhob sich die junge Frau aus ihrer Schlafposition, streckte sich ausgiebig.

»Jetzt bin ich auch noch auf der Couch eingeschlafen«, hörte ich sie ein wenig verschlafen murmeln. Träge schlenderte sie zur Küche, kramte aus einem der Schränke eine burgunderrote Tasse aus Porzellan hervor, stellte diese auf den dafür vorgesehenen Platz ihrer Kaffeemaschine und schaltete diese ein. Ein sprudelndes Zischen war zu hören, Dampf stieg aus den Seiten des oberen Gehäuses, welches einen intensiven aromatischen Duft im ganzen Raum verteilte. Schließlich griff Hannah nach dem Henkel der Tasse und stellte sie auf dem kleinen Küchentischchen ab, ehe sie sich auf einem der Barhocker niederließ.

»Hannah, ich ...«, setzte ich an, hockte nun direkt vor ihr.

Ich wünschte mir so sehr, sie könnte mich hören. Bekümmert seufzte ich. Hannah zuckte zusammen. Schon wieder. War das nur ein Zufall gewesen? Natürlich war das ein Zufall. Bondondos sind die Freunde und Beschützer der Kinder, ausschließlich der Kinder und nicht der Erwachsenen.

Genüsslich schlürfte Hannah ihren Kaffee. Sie hatte einen blassen Teint, aber das war ja auch schon früher so gewesen. Natürlich hatte sie sich verändert. Ihre kleine Stupsnase von damals war dünner geworden, ihre Wangenknochen ausgeprägter, wie auch ihre Wimpern, die ellenlang auf mich wirkten. Ihr Haar war ein riesiges Stück gewachsen und fiel ihr seidig an den Schultern herab. Sie war zu einer wunderschönen jungen Frau herangewachsen. Ich musste sie einfach anstarren.

Nachdem Hannah ihren Kaffeebecher geleert hatte, zog sie sich ins Badezimmer zurück. Derweil sah ich mich nochmal ein bisschen genauer in ihrer Wohnung um. Es machte mich stutzig, dass keinerlei Fotos von Leuten an ihren Wänden hingen oder auf ihren Schränken platziert waren. Leute, die Hannah nahestanden, die ihr etwas bedeuteten, Bilder von ihren Pflegeeltern. Auch in ihrem Schlafzimmer war nichts dergleichen zu sehen. Auch dieser Raum war eher bescheiden gehalten: ein Bett, ein kleiner Spiegelschrank, davor ein Schaukelstuhl, der mit einer dicken Patchwork-Decke behangen war. Die Einfachheit der Einrichtung erinnerte mich irgendwie an ihr altes

Zimmer in der gräflichen Stiftung. Dreißig Minuten verstrichen und eine junge Frau mit frisch duftenden Haaren, gehüllt in ein beigefarbenes Kleid, verließ das Bad. Ihr Haar hatte Hannah zu einem Zopf zusammengebunden. Ihre Narben verbarg sie unter Armstulpen, die den gleichen Farbton wie ihr Kleid aufwiesen, so als würden sie wirklich dazugehören.

»Mist! Schon so spät!«, sagte sie, als sie zur Wanduhr sah. Es war zehn Minuten vor acht. Hastig griff Hannah nach ihrer Tasche, die nach wie vor auf der Couch lag und marschierte geradewegs aus der Wohnung. Ich hing an ihren Fersen. Sie ging den Gehweg ihrer Straße immer weiter geradeaus, bis sie an einer Kreuzung einbog. Dort war eine Bushaltestelle zu sehen, wo drei Minuten später ein Bus anhielt, in den sie oder besser gesagt wir einstiegen.

Als der Bus die dritte Haltestelle anfuhr, stiegen wir aus. Wie ein Schatten heftete ich mich an Hannah. Es war so ähnlich wie früher, als sie mich überallhin mitgenommen hatte und obwohl einige Leute sie schief angeguckt hatten, weil sie ihrer Meinung nach mit der Luft oder der Wand vor ihr gesprochen hatte, so hatte es sie nie im Geringsten gestört, dass diese Leute sie für eine kleine Spinnerin hätten halten können. Sie hatte sogar mit mir zusammen darüber gelacht. Niemals werde ich unsere gemeinsamen Abenteuer und diese unbeschwerte Zeit vergessen.

Das Praxisgebäude mit der Aufschrift »Psychiater Dr. med. Kallach«, auf welches Hannah zusteuerte, riss mich abrupt aus meiner kleinen Nostalgie-Erfahrung. Es war ein mittelgroßes Gebäude, das sich zentral in der Innenstadt befand. Ich folgte ihr unauffällig in die Praxisräume. Hannah zeigte der Sprechstundenhilfe ihre Versichertenkarte vor und nahm anschließend im überfüllten Wartezimmer Platz.

Sie machte also eine Therapie! Mir war bekannt, was das bedeutete. In der Vergangenheit hatte es einige Schützlinge von mir gegeben, die aufgrund von Traumata oder diverser ADHS-Störungen von einem Psychiater behandelt werden mussten. Das war ganz und gar keine spaßige Angelegenheit. Doch warum war Hannah hier? Ich fand es in der Stunde heraus, die sie bei Doktor Kallach im Sprechzimmer verbrachte. Doktor Kallach war ein korpulenter Mann mittleren Alters, er trug eine Brille, sein Blick war durchgehend ernst. Er hob seine Mundwinkel noch nicht einmal zur Begrüßung zu einem Lächeln an.

»Hallo Frau Engeler! Nehmen Sie bitte Platz. Wie geht es Ihnen?«, sagte er in einem förmlichen Tonfall.

»Gut«, antwortete Hannah ruhig und nahm den Platz im gegenüberliegenden Stuhl ein.

Das war gelogen! Ihr ging es ganz und gar nicht gut! Seufzend verschränkte ich die Arme vor meinem Körper und setzte mich direkt zwischen die beiden auf eine Ecke des Schreibtisches.

»Möchten Sie mir von Ihrer vergangenen Woche erzählen?«,

fragte Doktor Kallach weiter.

Für einige Sekunden war es still.

»In Ordnung«, meinte Hannah schließlich. »Eigentlich gibt es da nichts Besonderes zu erzählen. Ich gehe zur Arbeit und anschließend wieder nach Hause. In letzter Zeit habe ich ein paar Überstunden gemacht, da eine meiner Kolleginnen erkrankt ist«, fuhr Hannah fort, hielt kurz inne, als müsse sie überlegen, und meinte dann: »Ach ja, vorgestern war ich nach der Arbeit noch ein bisschen spazieren und habe ein Eis gegessen.«

Oh, Mann! So eintönig sah Hannahs Leben also aus? Hatte sie denn gar keine Freunde? Unternahm sie nichts?

»Sie haben das letzte Mal von Einschlafproblemen berichtet. Wie sieht es damit aus?«, wollte der Doktor wissen.

Hannah schlug ihr linkes Bein über das rechte und atmete tief. »Gott sei Dank ist es besser geworden. Ich schlafe wieder ganz normal ein, ohne Alpträume.«

Was denn für Alpträume? Ich entdeckte eine Akte, Hannahs Akte, auf dem Schreibtisch, ein paar Armlängen vom Arzt entfernt. Ob ich es wohl wagen sollte, einen kleinen Blick hineinzuwerfen? Immerhin sah der Doktor zu Hannah rüber. Sie waren in das Gespräch vertieft, in dem es auch weiterhin um Schlafstörungen ging. Also eine gute Gelegenheit für mich.

Langsam erhob ich mich und schlich um den Tisch herum. Einen kurzen Blick warf ich noch auf Doktor Kallach und Hannah. Keiner der beiden schaute in meine Richtung. Wenn ich es geschickt anstellen würde, würde auch keiner etwas bemerken. Vorsichtig klappte ich das Deckblatt der Akte um. Name, Geburtsdatum, Anschrift, alle üblichen Eckdaten waren zu erkennen. Dann las ich etwas über ihr Krankheitsbild, das sogenannte *Borderline-Syndrom*.

»Sie haben im Laufe des letzten Jahres große Fortschritte gemacht, Frau Engeler«, hörte ich den Doktor sprechen. »Vor allem ist es wichtig, dass Sie nicht mehr an Fantasiefreunde als reale Personen glauben. Das bringt Sie im Hinblick auf Ihre Vergangenheit schon mal ein riesiges Stück voran.«

Vor Schreck ließ ich die Akte wieder zufallen und schaute völlig perplex zu Hannah hinüber. Sie hatte mich wirklich nie vergessen, so wie sie es mir vor etwa 13 Jahren versprochen hatte! Die ganze Zeit über hatte sie an mich geglaubt. Und jetzt nicht mehr … Ich schluckte schwer und hatte das Gefühl Steine im Magen zu haben. Diese Erkenntnis warf mich komplett aus der Bahn. Nach der Sitzung überreichte Doktor Kallach Hannah ein Rezept, das sie in einer Apotheke einlösen sollte. Es handelte sich um ein Mittel, das »Citalopram« hieß, ein sogenanntes Antidepressivum, wenn mich nicht alles täuschte.

Sie steckte es in ihre Tasche, verabschiedete sich mit einem Händedruck und verließ dann die Praxis. Nach einigen Metern traute ich meinen Augen kaum: Hannah hielt vor einem Mülleimer an, holte das Rezept hervor, zerriss es in winzig kleine Stückchen und warf

114

diese dann dort hinein. Nun machte ich mir ernsthafte Sorgen.

Kapitel 16

Hannah war offenbar in der Alten Mühle, einem Restaurant, das sich ganz in der Nähe ihrer Wohngegend befand, beschäftigt. Sie war also Kellnerin. Gegen Mittag trat sie ihre Schicht an. Ich setzte mich auf einen freien Stuhl nahe der Theke, wo ich sie gut im Auge behalten konnte. Das Lokal war sehr gut besucht, wie ich feststellen musste – überwiegend von Leuten mittleren Alters. Die großen Restaurant-Räume wirkten rustikal und dennoch erschien das Ambiente durch die fein abgestimmte Tischdekoration von hell leuchtenden blauen Kerzen und Baccara-Rosen, die für eine romantische Atmosphäre sorgen sollten, zugleich gehoben und nobel. Hier setzte man bei der Inneneinrichtung auf die Farben Blau und Weiß, denn die Tapeten wie auch die Stühle waren komplett in Weiß gehalten, die Tischdecken, Vorhänge sowie der Fenstersims und die Raumdecke wiederum in Blau. Eilig huschte Hannah von einem Tisch zum nächsten, zückte Kugelschreiber und Notizblock und notierte eifrig die vielen Bestellungen der hungrigen Gäste. Sie trug nun einen schwarz-weißen Schürzenrock.

Immerzu musste ich daran denken, was Doktor Kallach gesagt

hatte: Sie glaubte nicht mehr an Fantasiefreunde. Ich war keine Fantasie! Wieso hatte sie mich all die Jahre nicht vergessen können und hatte erst kürzlich damit angefangen? Es musste wohl an ihrer Therapie liegen. Außerdem fragte ich mich, warum Hannah ihre Medikamente nicht nahm. Es ging ihr doch nicht gut. Die vielen Schnittwunden an ihren Armen bewiesen mir das. Sie hatte zweifelsohne mit seelischen Verletzungen zu kämpfen. Aber wovon? Ich wollte endlich wissen, was genau passiert war, warum ihr Leben aus den Fugen geraten war. Ihr Lächeln gegenüber den Gästen und den Kollegen wirkte aufgesetzt. Es verbarg nur ihre tiefe Traurigkeit.

Gegen zehn Uhr ging Hannah in ihren wohlverdienten Feierabend. Ich folgte ihr durch die sternenbehangene, laue Sommernacht, die keinen einzigen Windstoß freigab, nichts, was eine kleine Abkühlung oder Erfrischung nach diesem viel zu heißen Tag erlaubt hätte. Als ich so neben ihr herlief, verspürte ich das dringende Bedürfnis sie in den Arm zu nehmen, sie zu beschützen, so wie ich es früher immer getan hatte. Und es schmerzte, dass ich dazu nicht mehr in der Lage war. Als sie vor ihrer Wohnungstür gedankenverloren den passenden Schlüssel an ihrem Schlüsselbund suchte, begann ihre Handtasche zu vibrieren. Schnell kramte Hannah ihr Handy aus der Tasche, klappte das Gehäuse auf und hielt es sich ans Ohr.

»Hallo?«

Schweigen.

»Was? Bist du sicher?«

Langes Schweigen.

Dann klappte Hannah das Handy wieder zu. Ich hatte ihre Mimik während dieses kurzen Telefonats verfolgen können. Ihr Gesicht war von Sekunde zu Sekunde blasser geworden, ihr Blick angsterfüllt, erstarrt, geradezu verzweifelt. Hastig trat die junge Frau nun in ihre Wohnung, ließ ihre Handtasche unachtsam auf den Boden fallen.

»Das kann nicht sein! Das kann nicht sein!«, hörte ich sie schon fast wimmern. Blanke Panik schwang in ihrer Stimme mit. Was war da nur los? Direkt vor ihrer Wohnungstür sackte sie einfach zusammen. Ich folgte ihr, fixierte sie forschend. Ein Meer von Tränen bahnte sich seinen Weg über ihr Gesicht. »Nein. Nein! Ich halte das nicht mehr aus!«

Ihre Stimme wurde lauter. Beinahe geistesabwesend zog Hannah nun ihre Knie ganz nah an ihren Körper heran und wiegte sich selbst hin und her. Eine Geste, mit der sie sich zu beruhigen versuchte. Es machte mir Angst.

»Hannah«, sagte ich aufgekratzt, »ich würde dir so gern helfen!«

Ich griff nach ihrem Arm, denn sie zitterte am ganzen Körper. Diese passive Haltung wäre für jeden Bondondo unerträglich gewesen und für mich war sie das erst recht, weil es um Hannah ging! Ruckartig erhob sich die junge Frau. Ihre Augen waren leer. Sie durchschritt den Hausflur, steuerte das Badezimmer an und kramte dort aus einer Schublade eine Rasierklinge heraus. Meine Knie wurden weich. Diese plötzliche seelenlose Ruhe, die sie an sich hatte, war kein gutes Zeichen. Ich atmete schwer und musste beobachten, wie sie die Klinge direkt an ihren Pulsadern ansetzte. Ein wahnsinniger Schreck erfasste in Windeseile all meine Knochen.

»Nein! NEIN!«, schrie ich aus Leibeskräften, doch Hannah hörte mich nicht. »Nein, Hannah! Bitte tu das nicht!«, flehte ich. Tränen schossen mir in die Augen.

Hilflos musste ich mitansehen, wie sie ihren Schnitt setzte und schließlich blutend zu Boden fiel.

»Nein! NEIN!«, brüllte ich wieder, nahm sie in den Arm, schüttelte sie. Hannah nahm nichts mehr wahr, ihre Augen wurden immer kleiner. Ich tastete verzweifelt den Pulsschlag an ihrem Hals, der von Sekunde zu Sekunde schwächer zu werden schien. Eine Blutlache verteilte sich binnen Sekunden auf den weißen, mosaikartigen Fliesen. Ich durfte nichts unversucht lassen. Also fing ich an mit den Händen an ihre Wange zu klatschen. Sie sollte wieder zu sich kommen.

»Nein, Hannah! Bitte verlass mich nicht! Ich bin bei dir. Hörst du mich?«

Kapitel 17

Langsam öffnete Hannah ihre Augen und schaute nach oben auf eine weiße Zimmerdecke. Ungläubig ließ die junge Frau nun ihren Blick durch den Raum schweifen, nachdem sie ihren Kopf angehoben hatte. Ihre Arme waren an die Bettpfosten ihres Krankenbettes gebunden. Irritiert zog sie an den Schlaufen. Ihre Verletzung – die Schnittwunde – war verarztet und verbunden worden, wie Hannah feststellte. Sie lebte. Das Beruhigungsmittel, das man ihr verabreicht hatte, machte sie benommen. Sie war so müde. Ihre Augenlider waren schwer wie Blei, fielen immer wieder zu. Deshalb wusste Hannah auch nicht, wie viel Zeit vergangen war, als sie schließlich eine Schwester das Zimmer betreten sah.

Sorgenvoll sah die Frau zu Hannah rüber, machte direkt vor ihrem Bett Halt und meinte dann: »Sie haben unheimliches Glück gehabt. Sie hatten schon sehr viel Blut verloren. Gut, dass man Sie in letzter Minute aus Ihrer Wohnung holen konnte!« Schwester Irmgard trat noch ein kleines Stückchen näher an Hannah heran und strich sacht über die eine verletzte Stelle an ihrem Arm.

»Was ist passiert?«, wollte die junge Frau mit brüchiger Stimme wissen.

»Sie haben von Ihrem Telefon aus den Notarzt gerufen. Da Sie sich aber bei meinem Kollegen nicht gemeldet haben, schickte man schlussendlich nach Ortung des Anrufes einen Rettungswagen zu Ihnen nach Hause«, erklärte Schwester Irmgard.

Verblüfft starrte Hannah die Schwester an, sagte jedoch nichts mehr.

»Sie müssen nun schlafen und sich ausruhen und vor allem sollten Sie Gott danken!« Mit diesen Worten verließ die Schwester das Zimmer.

»Ich habe aber keinen Notarzt angerufen«, flüsterte Hannah, ließ sich tiefer in ihr Kissen sinken und schlief kurze Zeit darauf wieder ein.

Immer noch saß der Schreck in all meinen Gliedern, nahm mich gefangen, schien mich zu zerdrücken. Und nach wie vor konnte ich nicht glauben, dass Hannah dazu fähig gewesen war. Sie hatte sich umbringen wollen! Wie verzweifelt konnte ein Mensch sein, so etwas wirklich umzusetzen? Von Erwachsenen hatte ich natürlich nicht allzu viel Ahnung. Über die Psyche von Kindern wusste ich Bescheid. Diese war bei weitem nicht so komplex wie die der Erwachsenen. Noch nie in meinem Leben hatte ich mehr Angst gehabt als in dem Moment, als Hannah beschlossen hatte sich etwas anzutun. Ich hockte an ihrem Bett, sah ihr beim Schlafen zu. Sie sah so friedlich aus.

Ich löste die Fesseln an ihren Handgelenken, da sich die Schlaufen bereits tief in ihre Haut eingegraben hatten. Es war in meinen Augen einfach zu unmenschlich und noch dazu unnötig. Mir war zwar klar, dass das als Vorsichtsmaßnahme gedacht war. Ich war doch aber bei ihr, würde sie keine Sekunde aus den Augen lassen und aufpassen.

Behutsam strich ich der jungen Frau über die Stirn. Sie seufzte und ich zuckte zusammen. Dann bemerkte ich wie Hannah blinzelte.

»Mando«, hörte ich sie wispern.

Damit hauchte sie mir wieder neues Leben ein. »Hannah«, sagte ich und schaute sie hoffnungsvoll an. Sie erwiderte ungläubig meinen Blick. Es war ein Wunder für mich.

»Mando?«

»Ja!«, entgegnete ich voller Freude und Erleichterung. Ich wusste zwar nicht, wie das hier gerade möglich sein konnte, doch ich war so unendlich dankbar dafür.

»Das … Das kann nicht sein!«, stammelte Hannah und biss sich auf die Unterlippe, während sie mich noch immer mit diesem ungläubigen Blick anstarrte.

»Ich bin es wirklich, Hannah! Erinnerst du dich?«

»Ja, aber du warst nur die Fantasie eines kleinen Mädchens, das gehofft hat der Wirklichkeit entfliehen zu können.«

Ich bedachte sie mit einem flehenden Gesichtsausdruck. »Nein, das alles ist wirklich passiert, Hannah. Ich bin echt«, versicherte ich, gab ihr mit meinem Zeigefinger einen Stupser auf die Nase und sah sie durchdringend an.

Hannah musste scheinbar um Fassung ringen, denn ihre Atmung wurde unruhig. Wieder sah ich Tränen in ihrem Gesicht. »Du warst es, der den Notarzt gerufen hat, nicht wahr?« Ihre Frage bejahend nickte ich. Tausend Gedanken schossen Hannah wohl gerade durch den Kopf. Man konnte es an ihrer gesamten Reaktion ausmachen. Das Rattern in ihrem Schädel war förmlich zu hören. »Was soll das auf einmal?« Ihr Tonfall wurde bitter. Mit einer Mischung aus Traurigkeit und Wut blinzelte sie mich an.

»Was meinst du?«

»Du kommst 13 Jahre zu spät um mich zu retten. Du hast mich damals in Stich gelassen, weißt du nicht mehr?«

Diese Worte waren wie eine Ohrfeige für mich. »Ich habe dich doch nicht im Stich gelassen! Warum sagst du so etwas?«, wollte ich aufgebracht von ihr wissen.

Wieder dieser leere Ausdruck in ihren Augen. Sie schüttelte den Kopf.

»Und ob du das getan hast! Bei dieser Pflegefamilie zu leben, war die Hölle auf Erden für mich.«

Ich stutzte. »Was ist denn damals geschehen?«, wollte ich wissen und schluckte den Kloß, der in meiner Kehle feststeckte, runter.

»Weißt du, was mein Adoptivvater mit mir gemacht hat, als ich 14 Jahre alt geworden bin?«, begann Hannah stockend. Ihre Stimme klang lauter und aufgewühlter. »Er hatte mich … ver... vergewaltigt.« Das letzte Wort kam nur schwer über ihre Lippen. In Hannahs Augen lesend vernahm ich tiefe Pein und Demütigung. Unbeschreibliche Wut und Schmerz durchzogen mich.

»Jahrelang ging das so. Meine Pflegemutter hat anfangs nichts gemerkt. Ich sagte kein Wort, weil ich mich zu sehr geschämt habe. Ich schwieg einfach. Irgendwann muss sie etwas geahnt haben, da bin ich mir im Nachhinein ziemlich sicher. Doch sie dachte sich wohl, wenn sie die Augen davor verschließen würde, würde es auch nicht wirklich passieren.«

Ich sah in Hannahs schmerzerfülltes Gesicht. Der Schmerz, der mich in diesem Moment erfasste, war tausendfach schlimmer als der Schmerz, der mich zu meinen Schützlingen führte. Ich streckte eine Hand nach Hannahs Hand aus, doch bei meinem Versuch sie zu ergreifen, wich sie zurück. Sarkastisch und verbittert klangen ihre nächsten Worte: »Aber woher willst du schon wissen, was eine Vergewaltigung ist? Was das bedeutet? Du bist nur eine Kindergestalt. Du hast keine Ahnung! Du, mit deinem ständigen Happy-End-Gerede …«

»Es tut mir so unendlich leid, Hannah. Ich hatte keine Ahnung. Ich hatte wirklich keine Ahnung«, beteuerte ich. Wenn ich doch nur etwas geahnt hätte …

»Weißt du, wie oft ich dich gerufen habe in all den Jahren? Wie sehr ich dich als meinen einzigen Freund gebraucht hätte? Du bist nicht gekommen. Die Hoffnung, du würdest eines Tages zurückkommen und mich da rausholen, hat mich aufrechterhalten. Doch du kamst nie.« Nach diesen Worten drehte Hannah sich weg von mir, auf die andere Seite des Bettes.

»Hannah, ich …«, setzte ich seufzend an, fuhr mir niedergeschlagen mit beiden Händen durchs Gesicht.

»Geh jetzt! Ich brauche dich nicht mehr.«

Schneidend und hart trafen diese Sätze mich. Sie fühlte sich von mir in Stich gelassen. Ich konnte jetzt auf keinen Fall gehen und sie mit ihren Problemen allein lassen. »Warum wolltest du dich umbringen?«, fragte ich sie, doch Hannah reagierte nicht.

»Was ist damals noch passiert?«, fragte ich weiter.

Wieder keine Antwort.

Mir war bewusst, dass meine nächste Frage angesichts ihres labilen Zustands sehr heikel war, aber das war die einzige Möglichkeit, ihre Aufmerksamkeit zurückzugewinnen: »Und was ist mit deinem Sohn?«

Es funktionierte. In Sekundenschnelle drehte Hannah sich wieder zu mir um, sah mich mit einem ängstlichen Gesichtsausdruck an. »Was weißt du über ihn und woher weißt du überhaupt davon?«

Ich straffte die Schultern.

»Ich habe ihn vor kurzem kennengelernt. Er wohnt in Stuttgart, in Bad Cannstatt, um genau zu sein und …«

»Moment mal! Stopp!«, unterbrach Hannah mich. »Er ist dein Schützling. Nur deshalb bist du gekommen. Nicht wegen mir«, zischte sie.

»Nein. Das stimmt nicht! Er hat mich gebeten, herauszufinden, wer seine Mutter ist, wo sie lebt. Zu diesem Zeitpunkt wusste ich natürlich nicht, dass es sich um dich handelt«, versuchte ich bemüht zu erklären. »Ich habe doch längst alles herausbekommen und hätte auch längst zu ihm zurückgehen müssen. Aber ich bin noch hier!«

Kapitel 18

Hannah blieb stur. Es tat mir in der Seele weh, so unendlich weh, was ihr in den letzten Jahren widerfahren war. Nun ergab vieles einen Sinn. Einige Fragen blieben jedoch. Ich erhob mich aus meiner Hocke und beugte mich über sie. Da Hannah mich nicht anschauen wollte, musste ich eben sie ansehen.

»In all den Jahren konnte ich dich nie vergessen. Du warst, bist und wirst immer meine allerbeste Freundin sein! Egal was du denkst. Es wird immer so sein!«

Bestimmt ließ ich das verlauten, was ich Hannah schon längst hatte sagen wollen. Immerhin bewegte sie ihre Augenlider. Wenn sie noch ein Kind gewesen wäre, hätte ich einen Zaubertrick aufgeführt oder Grimassen geschnitten, um sie zum Lachen zu bringen. Aber so einfach war es dieses Mal nicht. Ich seufzte und redete weiter auf sie ein.

»Warum wolltest du dich umbringen, Hannah? Bitte sag es mir! Ich möchte dir helfen.« Ich biss mir auf die Unterlippe, durchdrang sie mit meinem Blick. Zu meiner Überraschung hielt sie diesem stand. Wieder las ich in ihrer Mimik Angst und Schwäche.

»Mein Stiefvater Paul kam immer nachts in mein Zimmer, wenn Marie, also meine Stiefmutter, Nachtschicht im Krankenhaus hatte. Er sagte mir immerzu, wie hübsch ich doch sei und bald auch kein Kind mehr und …« Hannah ließ ihren Satz abreißen, sah mich verzweifelt an.

Ich setzte mich nun neben sie aufs Bett und streichelte ihren Kopf.

»Dann hat er mich geküsst. Erst vorsichtig, dann immer intensiver. Ich wollte das nicht, drehte mich weg, sagte ihm, er solle damit aufhören. Doch er hielt mich fest, drückte mich ans Bett und fing an mich zu quälen.«

Noch niemals zuvor habe ich solche Wut im Bauch gehabt, noch nie wollte ich jemanden verletzen oder ihm schaden. Noch nie habe ich jemandem ernsthaft Schmerzen zufügen wollen. Bondondos sind freundliche, positive Wesen. Diese Empfindungen waren mir neu. Ich konnte einfach nicht ertragen, was dieses Monster meiner Hannah angetan hatte!

Hannah erzählte weiter. »Mit sechzehn wurde ich dann schwanger. Auch dann noch hielt ich vor Marie alles geheim. Ich erzählte ihr, ich hätte mit einem Schulfreund geschlafen. Mein Kind gab ich nach der Geburt zur Adoption frei. Ich wollte kein Kind von einem Vergewaltiger, von dem Mann, den ich am meisten hasste, und außerdem war ich erst sechzehn und selbst noch ein Kind.«

Ich nickte verständnisvoll. »Und was hast du dann gemacht?«, wollte ich wissen.

Hannah holte tief Luft, ehe sie weitersprach. »Ich wollte raus aus Gonzenheim, weg von ihm. Doch er schien wie besessen von mir zu sein, wollte mich nicht gehen lassen. Eines Nachmittags hatte ich meine Sachen gepackt und wollte die Gelegenheit nutzen, dass meine Pflegeeltern nicht zu Hause waren. Ich wusste damals zwar nicht, wo genau ich hingehen sollte, aber mit etwas Geld in der Tasche wollte ich nur weg von diesem Ort.«

Hannah machte eine Pause, ehe sie weiter redete. »Er hat mich dann schließlich überrascht, stand plötzlich im Wohnzimmer vor mir und versuchte mich zum Bleiben zu überreden. Es kam zum Streit und auch zum Gerangel. Er schubste mich und ich schlug mit dem Kopf am Treppenabsatz auf.«

Wieder füllten sich meine Augen mit Tränen. Ich sah Hannah an und wünschte mir so sehr, all ihre Wunden heilen zu können.

»Es war Glück für mich, dass Marie kurze Zeit darauf auch nach Hause gekommen ist. Sie rief sofort einen Krankenwagen. Ich lag drei Wochen im Koma.«

Als ich merkte, wie aufgewühlt Hannah nun war, nahm ich sie in meine Arme, hielt sie einfach nur fest, während ich warme Tropfen auf meinem Oberarm spürte. »Und was ist dann mit Paul geschehen?«, fragte ich und hielt sie noch ein bisschen fester.

»Er wurde wegen Missbrauchs und versuchten Totschlages zu einer langen Haftstrafe verurteilt. Marie hat vor Gericht behauptet, mitangesehen zu haben, wie Paul mich vorsätzlich umbringen wollte. Ich bestätigte ihre Aussage vor Gericht. Marie vermutete etwas oder kannte sein Wesen und wollte durch ihre Falschaussage bei mir einiges wiedergutmachen, da sie viel zu lange die Augen vor Tatsachen verschlossen hatte, die vor ihrer Nase lagen, denke ich. Außerdem ging es ihr wohl auch um Hass und Rache, die Gewissheit ihn so lange wie möglich aus dem Verkehr zu ziehen. Sie hatte sich von Paul scheiden lassen, wollte jedoch auch keinen Kontakt mehr zu mir, da ich sie immerzu an diese schlimmen Vorfälle erinnern würde, wie sie meinte. Sie war zu labil, landete sogar in einer Nervenheilanstalt. Ich ging wieder in ein Pflegeheim, bis ich achtzehn wurde.«

Ich streichelte über Hannahs Stirn. »Was ist dann geschehen?«

»Paul hat mir damals im Gerichtssaal immer wieder gedroht, dass er mich finden würde, sobald er wiederkäme, dass er sich an mir rächen würde, weil ich sein Leben zerstört hätte, wie er sagte. Und gestern erfuhr ich von Marie, dass er vor drei Tagen entlassen wurde!« Wieder lag die blanke Panik in Hannahs Tonfall. Sie vergrub ihr Gesicht unter meinem Arm, wie sie es als Kind immer getan hatte, wenn sie sich vor etwas gefürchtet hatte.

»Keine Angst, Hannah! Er wird dir nichts mehr tun. Das lasse ich nicht zu!«

Nun löste sie sich aus der Umarmung und schaute mich mit großen Augen an. »Er wird mich finden, Mando. Früher oder später … Die ständige Angst vor ihm verfolgt mich überall.«

Ich begann schwer zu schlucken und zu atmen. »Wie konntest du nur so weit gehen und versuchen dich umzubringen!« Da war er wieder, dieser dicke Kloß in meinem Hals, die Steine im Magen.

»Ich habe immer noch fast jede Nacht Alpträume von ihm. Obwohl es Jahre her ist, komme ich damit nicht klar. Oft träume ich davon, was er alles mit mir angestellt hat und anstellen wird, wenn er mich gefunden hat. Ich kann ganz einfach nicht mehr!«

Ihre Worte waren wie tausend Dolche, die sich in mein Herz bohrten. Ich griff nach ihrer Hand.

»Wie lange bist du schon hier in Bad Vilbel, in meiner Nähe?«

»Seit zwei Tagen.«

»Warum konnte ich dich vorher nicht sehen? Warum kann ich dich überhaupt wieder sehen?«

»Wir haben eine Verbindung, Hannah. Anders kann ich es mir auch nicht erklären.«

Sie schien einen Moment über meine Worte nachzudenken.

»Wie heißt dein jetziger Schützling?«, wollte Hannah wissen. Sie nahm das Wort *Sohn* nicht in den Mund.

»Er heißt David und ist ein lieber, aufgeweckter Junge mit blondem Haar. Immerzu fragt er sich, wer seine Mutter ist.«

Sie seufzte. »Wie sind seine Pflegeeltern?«

»Seine Pflegemutter ist vor Jahren bei einem Verkehrsunfall ums Leben gekommen. Sein Vater ist ein verantwortungsvoller Mann und zudem Schuldirektor an seiner Schule.«

Wieder hielt Hannah inne. Ich wusste ganz genau, dass der Junge ihr nicht egal war, ich sah es in ihren Augen. Damals hatte sie nur so gehandelt, weil sie keinen anderen Ausweg gesehen hatte. Tief in mir drin wusste ich, dass Hannah trotz dieser mehr als schwierigen Umstände das Herz einer liebenden Mutter besaß. Ich spürte es ganz einfach.

»Trotz allem Schrecklichen, das passiert ist, ist er dein Sohn, Hannah! Ein Teil von dir.«

Wortlos stierte die junge Frau zu Boden. Sie trug gerade einen Kampf mit sich aus, dessen war ich mir bewusst. Hannah schien zwischen der Tatsache, dass sie einen Sohn hatte, und den grausamen Erinnerungen, wie es nun einmal dazu gekommen war, hin- und hergerissen zu sein. Nervös begann sie mit den Fingerspitzen über ihre Bettdecke zu gleiten. Auf und ab. Ich griff nach ihren Händen, hielt sie fest, wollte sie zur Ruhe bringen.

Schniefend und mit den Tränen kämpfend, wandte Hannah sich nun wieder mir zu: »In Ordnung. Ich will ihn kennenlernen. Bring mich zu ihm!«

Kapitel 19

Entschlossen sah Hannah mich nun an. Ich zögerte, obwohl ich erleichtert und froh über ihren Sinneswandel war.

»Vielleicht solltest du dich fürs Erste noch ein wenig ausruhen, damit du wieder zu Kräften kommst. Du bist doch noch viel zu schwach«, gab ich zu bedenken.

»Nein, Mando, du verstehst nicht. Ich muss hier raus! Sobald es mir besser geht, werden die Ärzte hier mich sicherlich in eine Nervenklinik einliefern lassen. Immerhin war das, was ich getan habe, versuchter Selbstmord.«

Ganz genau. Es war versuchter Selbstmord! Diese schrecklichen Bilder lassen mich immer noch nicht los und ich will auf keinen Fall, dass sich so was wiederholen könnte. Solange du hier bist, bist du sicher davor, dachte ich. Jedoch sprach ich diese Gedanken nicht aus.

Das brauchte ich auch gar nicht, denn so, wie Hannah mich gerade ansah, meine optische Reaktion erfasste, wusste ich, dass ihr klar war, was gerade in mir vorging.

»Es war eine ziemlich dumme Kurzschlusshandlung von mir. Das muss ich zugeben.«

»Kurzschlusshandlung nennst du das? Du wärst um ein Haar draufgegangen! Weißt du eigentlich, was für eine unbeschreibliche Angst ich hatte? Allein die Vorstellung ist unerträglich für mich!«, stellte ich energisch und unverblümt klar. Zu meiner Überraschung strich Hannah mit einer Hand über meinen Oberarm. Nun tröstete sie mich.

»Bring mich bitte hier weg, nach Bad Cannstatt! Ich verspreche dir auch, dass ich mir nie wieder etwas antun werde!«, flehte sie mich regelrecht an.

»Und was ist mit diesen Tabletten, die du abgesetzt hast? Wenn du sie genommen hättest, wäre das alles hier wahrscheinlich nicht passiert«, bohrte ich weiter und sah ihr dabei zu, wie sie unruhig am Zipfel ihrer Bettdecke zwirbelte. Wieder stoppte ich diese nervöse Handlung, indem ich nach ihrer Hand griff und sie eingehend be-trachtete. Dann nahm ich wahr, wie ihre andere Hand meine umfass-te – eine bittende Geste. Es war aber so, als wolle sie mich nicht nur überzeugen, sondern mir etwas Wichtiges erklären, etwas sagen, was sie niemandem sonst sagen würde.

»Ich kann dieses Medikament nicht nehmen, weil ich dann nicht mehr ich bin. Ich kann nichts mehr fühlen. Alles ist stumpf und taub in mir, so als wäre ich nur noch ein seelenloser Roboter, verstehst du?«

Ich beugte mich ein Stückchen zu Hannah vor und drückte ihr einen Kuss aufs Haar.

»Ich glaube zwar nicht mehr an Happy Ends, aber du bist jetzt bei mir, Mando. Los, bring mich endlich hier weg!«

Hannah wartete noch die nächste Visite ab, da wir kein Risiko eingehen wollten, von einem Arzt oder einer Schwester erwischt zu werden. Ich hatte sie zu meinem Trost dazu bewegen können, sich etwas von diesem, um es mit Hannahs Worten auszudrücken, »unmöglichen Krankenhausfraß«, einzuverleiben. Sie war noch viel zu schlapp und brauchte dringend einen kleinen Energieschub. Gegen Nachmittag checkte ich die Lage im Krankenhausflur der Station. Patienten, Personal, Besucher – sie alle tingelten an mir vorbei. In einem Augenblick, in dem ich keine Ärzte oder Schwestern vorbeihuschen sah, gab ich Hannah Bescheid. Sie hatte ihre alte Arbeitskleidung anziehen müssen, die in einer Plastiktüte verstaut in einem Schrank ihres Krankenzimmers vorzufinden war. Die Uniform war blutbefleckt. Besonders am linken Ärmel war nichts ursprünglich Weißes mehr zu sehen. Noch immer ließ mich dieser Anblick vor Schreck erstarren. Also hatte ich mich notgedrungen in ein fremdes Zimmer schleichen müssen, um einer schlafenden Frau einen großen, blauen Morgenmantel aus Frottee zu stibitzen. Ich warf Hannah den Mantel über die Schultern, sie schlüpfte in die Ärmel und wir zogen los.

Alles funktionierte nach Plan. Wir verließen ohne Hindernisse oder Aufsehen das Krankenhausgebäude. Dann machten wir einen Abstecher in Hannahs Wohnung. Sie wollte vor unserer bevorstehenden Reise duschen und sich saubere Sachen anziehen. Vor ihrem Badezimmer machte Hannah plötzlich Halt. Noch vor ein paar Stunden hatte sie hier drin versucht sich umzubringen. Ihre Hände ruhten auf der Türklinke der ungeöffneten Tür. Ich stand direkt hinter Hannah, atmete ihr in den Nacken und hielt sie an den Schultern zurück.

»Warte! Ich gehe als erstes rein und werde das da drin beseitigen«, entschied ich.

»Nein, Mando, ich will nicht, dass du all mein Blut wegwischen musst! Ich kann das allein, wirklich!«

Doch ich hörte nicht auf das, was Hannah sagte. Ich warf ihr nur einen bestimmenden Blick zu, der keinen Widerspruch duldete, schob sie beiseite und ging hinein. Ich musste allerdings schwer atmen und um Überwindung kämpfen, nachdem ich die Tür hinter mir zugezogen hatte. Hier stand ich nun. Vor mir diese riesige Blutlache, all das Leben, das Hannah entwichen war. Diese schrecklichen Bilder, all die Erinnerungen schwirrten durch meinen Kopf, machten mich schier wahnsinnig, verursachten ein Zittern am ganzen Körper. Schluss jetzt! Reiß dich zusammen!, sagte ich mir und begann in einem der Badezimmerschränke nach Handtüchern zu suchen, irgendetwas, womit ich dieses Blut wegwischen konnte.

»Mando? Ist alles in Ordnung?«, hörte ich Hannah besorgt nach mir rufen. Sie stand nach wie vor direkt hinter der Tür.

»Ja, es ist alles in Ordnung«, versicherte ich und machte mich sogleich an die Arbeit, nachdem ich einen Stapel sortierter Handtücher im obersten Fach des großen Schrankes zu meiner Rechten erspäht hatte. Natürlich kostete es mich ein enormes Stück Überwindung all die Spuren von Hannahs Entgleisung wegzuwischen. Immerhin handelte es sich hierbei nicht um Schokoladeflecken oder Tomatenketchup.

Als ich fertig war, stopfte ich die verschmierten Tücher in den Wäschekorb in der Ecke und gab das Zimmer zum Eintritt frei. Nur widerwillig ließ ich Hannah jedoch hereinkommen. Erneut kroch Angst in mir hoch, die Sorge, sie könne so etwas nochmal wagen. Und am liebsten wäre ich sogar im Raum geblieben, um sie im Auge zu behalten. Hannah musste mir versprechen, dass sie die Tür einen Spalt geöffnet lassen würde. Ich hockte mich im Schneidersitz in den Wohnungsflur, wie ein Wachhund, ganz in ihrer Nähe. Ich nahm das plätschernde Geräusch wahr, das der kontinuierliche Wasserstrahl verursachte. Nach etwa dreißig Minuten schritt Hannah dann mit einem Handtuch um ihren Körper geschlungen eilig an mir vorbei. Ihr gerade gewaschenes Haar duftete herrlich nach Pfirsich und Maracuja. Dieser liebliche Duft stieg mir in die Nase und verteilte sich in der ganzen Wohnung.

Ich wartete geduldig, bis Hannah schließlich in Jeans und Top vor mir stand und mir zuzwinkerte, so als wolle sie sagen, dass ich mir keine Sorgen mehr zu machen brauchte. Nun ging sie schweigend wieder zurück ins Schlafzimmer, um einige Sachen einzupacken, wie ich vermutete.

Ich folgte ihr und beobachtete still, wie sie drei Shirts, zwei Stoffhosen und einen Rock in ihre Reisetasche warf.

»Wie fühlst du dich?«, wollte ich von Hannah wissen, nahm auf ihrem Bett Platz und musterte sie nach wie vor beklommen. War es wirklich die richtige Entscheidung gewesen, das Krankenhaus so früh zu verlassen? Ihr zugenähter Arm war mit einer dicken Bandage umwickelt. Ich kniff die Augen zusammen und rieb mir die Stirn.

Meine Frage wurde von Hannah mit einer Gegenfrage beantwortet: »Wie fühlst du dich überhaupt? Du siehst immer noch schockiert aus«, sagte sie, nachdem sie sich direkt neben mich gesetzt und meinen betrübten Blick aufgefangen hatte.

»Hannah«, erklärte ich stockend, »das alles … Alles, was du in den letzten Jahren durchgemacht hast, tut mir so unendlich leid. Wenn ich nur eine Ahnung gehabt hätte, dann …«

»Nein, Mando, bitte mach dir keine Vorwürfe mehr. Es war ein Fehler, dir die Schuld zu geben. Ich war nur so … nur so wahnsinnig aufgebracht und durcheinander und … und …«

Ich unterbrach sie, indem ich einen Finger auf ihren Mund legte. »Ich weiß. Und du hast alles Recht der Welt dazu. Komm, ich helfe dir beim Packen«, meinte ich schließlich, erhob mich, griff nach ihrer Hand und zog sie auf die Beine.

Nachdem wir das Nötigste für ein paar Tage eingepackt hatten, kramte Hannah aus einem alten grünen Schmuckkästchen, das sich in ihrer Nachttischschublade befand, vier Fünfzig-Euro-Scheine heraus und steckte sie in ihre Brieftasche.

»Morgen werde ich in der Alten Mühle anrufen um mich für die nächsten Tage krankzumelden«, erwähnte sie noch, als wir beide im Begriff waren aufzubrechen.

Hannah schlief die meiste Zeit im Zug neben mir. Sie war viel zu erschöpft und mutete sich deutlich zu viel zu, wie ich fand. Fasziniert beobachtete ich ihre engelsgleichen Gesichtszüge im Schlaf. Was war denn nur los mit mir? Ich hatte Hannah schon unzählige Male beim Schlafen zugesehen, aber so wie jetzt war es noch nie gewesen. Friedlich ließ sie ihren Kopf auf meine Schulter sinken und wir fuhren durch den frühen Abend, vorbei an Feldern, Wäldern, Häusern und Gebäuden. Die untergehende Sonne tauchte unsere Zugkabine in zauberhaftes Abendrot, welches uns eine laue Sternen-Nacht versprach.

Es war schon spät, als wir das Hotel in Bad Cannstatt ansteuerten, das ich ausgesucht hatte. Müde schmiss Hannah ihre Reisetasche auf den Boden des Hotelzimmers und ließ sich auf das Bett fallen.

»Endlich!«, murmelte sie. Aus dem Fenster blickend beobachtete ich, wie das Mondlicht durch die Baumkronen drang und einen silbernen Schein auf den Parkettboden malte.

»Mando?«

»Ja.«

»Ich bin nervös wegen morgen.«

»Mach dir keine Sorgen. David wird dich mögen und toll finden.«

Ich trat näher an ihr Bett heran und ließ ein aufbauendes Bondondo-Lächeln über meine Mundwinkel gleiten.

Dennoch stieß Hannah einen Seufzer aus. »Was, wenn er mich dafür hasst, dass ich ihn weggegeben habe?«

Ich schüttelte den Kopf. »Das tut David nicht.«

»Ich konnte ihn damals nicht behalten. Die Wahrheit darf er aber nicht erfahren. Er soll nicht wissen, dass er von einen Vergewaltiger abstammt, hörst du?« Ernst sah Hannah mich nun an. Außerdem war da wieder dieser Anflug tiefer Scham.

»Er ist dein Sohn, ein Teil von dir. Klammre alles andere aus«, sagte ich.

»Ich habe mich in den letzten Jahren sehr oft gefragt, wie es ihm geht, was er wohl macht, wie er aussieht …«

Ich setzte mich zu ihr. »Das alles wirst du morgen erfahren. Ich werde ihn nach der Schule zu dir bringen«, versprach ich. Als ich die Gänsehaut an Hannahs Oberarmen bemerkte, nahm ich die Decke vom Bett und deckte sie damit zu. »Schlaf jetzt.«

Als ich mich erhob, hielt sie mich am Arm fest. »Kannst du bitte bei mir bleiben und dich neben mich legen, bis ich eingeschlafen bin, so wie früher?«

Ich atmete tief ein. »Ja«, entgegnete ich und legte mich auf die andere Seite des Bettes. Kurze Zeit später kam Hannah jedoch näher an mich herangerückt und schmiegte sich in meine Arme. »Jetzt fühle ich mich endlich wieder sicher«, ließ sie erleichtert verlauten und schlief nach etwa zwei Minuten beruhigt ein.

Zum ersten Mal fühlte es sich anders an neben Hannah zu liegen. Es war ein völlig neues Gefühl für mich. Es lag nicht nur daran, dass Hannah erwachsen geworden war. Irgendwie wusste ich selbst nicht, warum zwischen uns plötzlich alles anders zu sein schien. Es war so ein wohlig warmes Gefühl, das mich durchzog, in meinem Bauch kribbelte es eigenartig, mein Herz schlug schneller als sonst. War etwas mit mir nicht in Ordnung? Wärme, Kribbeln, Herzrasen, das waren, so viel wie ich gehört hatte, Symptome einer Krankheit oder so etwas, dachte ich. Doch Bondondos wurden nie krank. Ich war noch nie krank gewesen. Außerdem fühlte es sich so unbeschreiblich gut an. Dann überlegte ich weiter; ich hatte einmal bei einem verliebten Pärchen etwas aufgeschnappt, was sie zueinander gesagt hatten. Sie hatten darüber geredet, dass jeder von ihnen Herzrasen bekommen hatte, als er dem anderen begegnet war. Konnte es wirklich möglich sein, dass ich verliebt war? Aber ich kannte Hannah doch schon, seit sie ein Kind gewesen war, fast ihr ganzes Leben lang, dachte ich. Ich hatte mit ihr zusammen gespielt, sie getröstet, sie in den Schlaf gewiegt.

Das klang einfach zu verrückt für mich.

Kapitel 20

Am nächsten Tag stand ich vor dem Ausgang der Eichendorff-
Schule und wartete ungeduldig darauf, dass David herauskam, damit
ich ihm die gute Nachricht überbringen konnte. Wie erwartet, war es
heiß an diesem Nachmittag, jedoch nicht so heiß, dass es bis zur
Dreißig-Grad-Marke gereicht hätte. Bei 28 Grad bekamen die Schü-
ler nicht hitzefrei. Umso besser für mich. So wusste ich wenigstens,
wann David das Schulgebäude verlassen würde.

Am tiefblauen Himmel stand die Sonne und lud mit ihren warmen Strahlen den Asphalt der Straßen sowie die parkenden Fahrzeu-
ge schnell auf. Die große Schelle ertönte, das Signal für die Kinder,
das die langersehnte Freizeit versprach. Hastig kamen die Kids nach
und nach in kleinen und großen Gruppen herausgestürmt. Ich hörte
fröhliches Geplapper, Fahrradklingeln, lautes Johlen und Gelächter.
Die Hände in meine Hosentaschen gestopft, musterte ich jeden einzelnen Kopf, der an mir vorbei rannte. Ich freute mich darauf David
wiederzusehen. Dann hörte ich ihn.

»Mando! Du bist endlich wieder da!«

Ich fuhr herum. David befand sich genau hinter mir. In den ganzen Getummel hatte ich den Jungen wohl übersehen. Wir liefen ein Stück weiter, weg von dem immer noch großen Tumult der herauslaufenden Kinder, die Straße entlang.

»Es ist schön dich wiederzusehen, David«, sagte ich fröhlich und grinste den Jungen breit an.

»Hast du meine Mutter denn gefunden?« Seine Augen wurden groß und ich sah, wie angespannt er war.

»Ja, das habe ich, David.« Kaum hatte ich meinen Satz zu Ende gesprochen, fiel mir der Kleine auch schon freudestrahlend um den Hals. Ich blieb stehen und ging rasch in die Hocke, denn sonst hätte er mir wahrscheinlich versehentlich, aus lauter Euphorie, den Hals verrenkt. »Ist ja schon gut«, lachte ich.

»Oh, Mann! Wie ist sie so? Wie sieht sie aus? Und wo wohnt sie?«

Es gab noch Einiges, was ich dem Jungen erklären musste …

Also schleppte ich ihn zum Park, damit wir mehr Ruhe für ein Gespräch finden konnten.

»Bitte, Mando, antworte schon!« David lief wie aufgescheucht neben mir her und platzte förmlich vor Neugierde.

»Gut, es gibt Einiges, das du wissen solltest«, begann ich unbeabsichtigt verheißungsvoll und blickte weiterhin in ein vor Spannung strotzendes Augenpaar.

»Sie heißt Hannah. Und ich kenne deine Mutter. Ich kenne sie sogar sehr gut von früher. Wir lernten uns auf eine ähnliche Weise kennen, wie du und ich uns kennengelernt haben.«

David zog verwundert die Stirn kraus. »Das ist ja total abgefahren!«, meinte er schließlich und hüpfte aufgedreht neben mir her.

»Und wo lebt meine Mutter?« Ich atmete einmal tief durch, ehe ich eine Hand auf Davids Schulter legte.

»Sie ist hier. Ich habe sie mitgebracht. Dort drüben auf der Bank sitzt sie gerade und wartet auf uns.« Mit einem Finger zeigte ich zu der nächsten Bank und zu Hannah hinüber, etwa vier Meter von uns entfernt.

Mein Grinsen wurde so breit, dass langsam aber sicher, meine Wangenknochen zu schmerzen begannen. Mutter und Sohn würden sich endlich kennenlernen! Augenblicklich schnappte David sich meine Hand und rannte mit mir zusammen los, blieb dann allerdings abrupt vor Hannah stehen und sagte kein Wort. Der anfängliche Mut schien ihn verlassen zu haben und wurde jetzt durch Unsicherheit und Nervosität ersetzt.

Auch Hannah ging es wohl nicht anders. Tief atmete sie ein. Ein erfreutes Lächeln zeichnete sich auf ihrem Gesicht ab. »Hallo David! Ich freue mich, dich endlich kennenzulernen«, sagte Hannah und erhob sich sogleich von der Bank, um ihm eine Hand entgegenzustrecken.

Wortlos ergriff der Junge sie, schaute dann aber schüchtern zu Boden. Wie gebannt verfolgte ich jede Geste der beiden aus einem kleinen Abstand heraus. Sie mussten sich unabhängig von mir aneinander herantasten. Sie brauchten ganz einfach Zeit.

»Mando hat mir schon so viel von dir erzählt. Er hat erwähnt, dass du später Feuerwehrmann werden willst, dass du Klavier spielen kannst und gerne schwimmen gehst.«

David nickte Hannah eifrig zu. »Ja, das stimmt. Was machst du gerne?«, fragte er.

Die beiden liefen den Spazierweg entlang, vorbei an Brunnen und bepflanzten Beeten. Ein paar Meter abseits, zurückgezogen, trottete ich hinter ihnen her und freute mich sehr über ihr nun aufkommendes Gespräch.

Hannah erzählte von ihrer Kindheit, ihrer damaligen Zeit mit mir. Sie sprach davon, was wir am liebsten zusammen gemacht haben, wie zum Beispiel unsere Fangspiele, die berühmten Matsch-Tänze, unser *Ich sehe was, was du nicht siehst*. Sie berichtete von all unseren Erlebnissen. Ich konnte beobachten, wie der Junge gebannt an ihren Lippen hing. Hannah schien regelrecht aufzublühen, ihr Gesichtsausdruck wirkte mit einem Mal so entspannt und so voller Frieden. David und Hannah, sie beide waren sich ja so ähnlich.

Am frühen Abend, als ich Hannah in ihrem Hotelzimmer besuchte, plapperte sie geradezu aufgekratzt drauf los.

»Ich habe heute so viel über David erfahren können. Er ist ein so toller Junge, Mando!«, schwärmte sie, machte nun endlich Schluss damit, rast- und ruhelose Runden durch das Zimmer zu drehen und setzte sich neben mich auf die Kante des Bettes.

»Ich weiß. Er ist ja auch dein Sohn«, erwiderte ich grinsend. Das Strahlen in ihren Augen, das ich daraufhin von ihr geschenkt bekam, erfüllte mich mit so viel Glück und Leichtigkeit, dass ich in der Tat das Gefühl hatte, jeden Moment abzuheben.

»Und weißt du, was er noch gemacht hat?«, fragte sie mich heiter und umschloss mit beiden Händen meine Hand.

»Was?« Ihr Lächeln steckte mich augenblicklich an. Sie redete wie ein Wasserfall, ohne Punkt und Komma.

»Er hat mich umarmt. Gut, er hat natürlich eine Frage über seinen Vater gestellt. Damit musste ich rechnen. Ich sagte ihm, dass er sich vor einem Jahrzehnt irgendwo ins Ausland abgesetzt hätte. Was Besseres ist mir auf die Schnelle auch nicht eingefallen. Dann hat er erst Hannah und dann später, zum Schluss, Mama zu mir gesagt. Kannst du das glauben? Ich meine, er hat mich heute zum ersten Mal gesehen, mich kennengelernt. Und er sagt gleich schon so etwas Schönes zu mir.«

Hannah war so glücklich. Es tat so unsagbar gut, das zu erleben. Es wirkte fast so, als hätte ihr Selbstmordversuch vor nur zwei Tagen gar nicht stattgefunden.

»Wir werden uns morgen wiedersehen«, fuhr sie fort. Dann wurde sie ernster.

»Woran denkst du?«, wollte ich wissen.

Hannah schwieg für etwa eine Minute, ehe sie antwortete. »David will mich seinem Vater vorstellen und ich weiß nicht, wie sich die ganze Sache entwickeln wird. Was ist zum Beispiel, wenn ...«

»Ah, ah, ah!«, sagte ich mit fester Stimme und sah Hannah durchdringend an.

»Mach dir bitte nicht so viele Gedanken. Ich bin sicher, dass Herr Bender nichts gegen dich haben wird. Du bist Davids Mutter! Er wird zumindest akzeptieren müssen, dass ihr euch sehen wollt.«

Zustimmend nickte Hannah.

»Du hast recht. Ich bin seine Mutter.«

Wieder lachte ich. »Ganz genau.«

»Danke, dass du das hier möglich gemacht hast, Mando! Ich hätte mich allein nie getraut Kontakt zu David aufzunehmen. Wenn du mich nicht von der ganzen Sache überzeugt hättest, hätte ich ihn nie kennengelernt.« Dann hielt Hannah inne und sah mir von einer Sekunde auf die andere tief in die Augen. Ich erwiderte den Blick, war mit einem Mal wie gebannt. Sacht strich sie mir eine Haarsträhne aus meinem Gesicht. Ihre Finger verweilten schließlich an meiner Wange. Eigenartig prickelte es in mir.

»Du hast dich wirklich nicht verändert. Du bist genauso wunderschön wie damals«, sagte sie nun.

Ich wurde rot. »Bondondos verändern sich eben nicht«, druckste ich ein wenig verlegen vor mich hin und wandte meinen Blick wieder von ihr ab, starrte stattdessen die weiße Tapete an.

»Ich hingegen habe mich sehr verändert. 13 Jahre sind vergangen«, erwiderte Hannah mit einem fremdartigen Unterton in der Stimme. Es schien mir so, als wolle sie, dass ich etwas dazu sagte. Ich schwieg jedoch weiterhin und zählte in Gedanken die verschnörkelten Zweige, die ein Muster an der Wand bildeten.

»Wie findest du mich eigentlich als Erwachsene, Mando?«

Ich schluckte, schaute unruhig wieder zu Hannah auf. Erwartungsvoll durchdrangen ihre Augen mich.

»Du bist wunderschön und im Inneren immer noch die Hannah von damals«, antwortete ich schließlich. Eine unendlich lange Zeit schauten wir uns einfach nur an, ohne ein Wort zu sagen. Es war wie eine Art Zauberbann. Ich schaffte es einfach nicht, meinen Blick wieder von ihr zu lösen. Wie konnte man, ohne nach einer Zeit Langeweile zu verspüren, jemanden stundenlang anstarren? Das war mir neu. Schließlich trieb mich meine gleichzeitige Verantwortung David gegenüber dazu, mich doch loszureißen.

»Ich muss gehen«, sagte ich schließlich. »Ich habe David versprochen noch einmal bei ihm vorbeizuschauen.«

Ich hörte ein Räuspern.

»Oh, ja. Natürlich. Klar, geh nur. Wir sehen uns dann morgen«, entgegnete Hannah.

Den restlichen Abend verbrachte ich mit David in seinem Zimmer. Wir arbeiteten einen Schlachtplan dafür aus Herrn Bender darüber in Kenntnis zu setzen, dass sein Sohn über seine Adoption Bescheid wusste und bereits seine leibliche Mutter kennengelernt hatte. Gelegentlich kam der Vater in das Kinderzimmer, um sich zu vergewissern, dass außer David niemand da war. Davids aufgebrachtes Geplapper hatte Herrn Bender hellhörig gemacht. Doch als er dann zum dritten Mal in Folge mit diesem verdatterten Ausdruck im Gesicht das Zimmer betrat, da sprudelte es plötzlich aus dem Jungen heraus:

»Papa, ich weiß von meiner Adoption«, kam er zum Punkt. David war wirklich taff.

Herr Bender war wie vom Donner gerührt. Mit einem Mal wurde der Mann ganz blass und sah seinen Sohn schockiert an.

»Woher weißt du davon, David?«, fragte Herr Bender immer noch starr vor Schreck. Mit geöffnetem Mund und weit aufgerissenen Augen setzte der Mann sich zu dem Jungen aufs Bett.

»Das ist jetzt wirklich unwichtig, Papa. Du sollst nur wissen, dass du immer mein Papa sein wirst und ich dich immer lieb haben werde!«, antwortete er entschieden.

Herr Bender wurde von einem Gefühlsausbruch überwältigt. Er nahm David in seine Arme und fing an zu weinen. »Ich liebe dich auch, mein Sohn!«, schluchzte der Mann erleichtert, wie ergriffen. Ein Stein schien von seinem Herzen zu fallen. Dieses Geheimnis hatte er schon viel zu lange hüten müssen. »Ich wollte es dir irgendwann sagen, David. Ich bin mir aber ehrlich gesagt nicht sicher, ob ich jemals den richtigen Moment gefunden hätte«, gestand Herr Bender und drückte den Jungen noch fester an sich.

»Ich habe meine leibliche Mutter getroffen«, setzte David nach einer Weile nach.

Nun löste Herr Bender sich wieder aus der Umarmung und schaute seinen Sohn mit einer Mischung aus Verwunderung und Angst an.

»Ich habe sie für morgen Abend zu uns zum Essen eingeladen, Papa«, fuhr David fort und konnte erkennen, wie sich sein Vater nervös über die Glatze strich.

»Mensch, Junge, du hättest mir früher davon erzählen müssen, dass du deine … biologische Mutter getroffen hast und erst recht, dass sie zum Essen herkommen will!«, stammelte Herr Bender.

Zu Recht fühlte er sich ein klein wenig übergangen, zeigte aber zu meiner Überraschung Verständnis. Nicht, dass ich ihn für einen verständnislosen Menschen gehalten hätte, aber der Mann konnte schon ziemlich impulsiv und aufbrausend sein, was dieses Mal ganz einfach wegfiel. Zum Glück! Harte Schale, weicher Kern war die exakte Umschreibung für Herrn Benders Charakter, fand ich. Ich kannte diesen ganz bestimmten Ausdruck in dem Gesicht eines liebenden Elternteils, wenn es befürchtete, sein Kind auf irgendeine Weise zu verlieren. Genau diese Angst spiegelte sich in der Mimik von Davids Vater wider. Dennoch erklärte Herr Bender sich ohne Widerrede bereit, Hannah am folgenden Abend im Empfang zu nehmen.

Am nächsten Tag – David war in der Schule – beschlossen Hannah und ich den Murrhardter Wald zu erkunden. Es hatte die Nacht über geregnet. Die drückende Schwüle war somit fort. Ein deutlich milderes Klima gepaart mit Sonne und Wolken machte uns das Laufen in der Natur einfacher und angenehmer. Wir passierten Ährenfelder, frisch duftende Wiesen, Quellen und Flüsse, deren Rauschen und Plätschern wie Musik für meine Ohren war. Ich liebte diesen Klang ganz einfach. Ich pflückte eine Pusteblume, als wir beide gerade eine Wiese durchschritten. Ich wandte mich Hannah zu und pustete ihr sanft die kleinen Fallschirmflieger, wie ich sie gern nannte, ins Haar. Sie lachte verschmitzt und gab mir mit ihrem Ellenbogen einen leichten Stoß in die Rippen.

»Hey!«, scherzte ich und freute mich über den Schabernack, den wir trieben.

»Wer zuerst auf der anderen Seite des Waldes ist, hat gewonnen!«, rief Hannah plötzlich und flitzte auch schon los. Schnell nahm ich die Verfolgung auf. Mist, dachte ich, als mir auffiel, dass ich beim Losrennen meinen Hut verloren hatte. Zügig griff ich mir das gute Stück und versuchte meinen übermäßigen Rückstand aufzuholen, dabei lachte ich aus vollem Herzen. Es war ein tolles Gefühl mit Hannah durch die Wälder zu streifen, Zeit mit ihr zu verbringen.

Vergnügt hopste ich über den nach Moos und Tannen duftenden Waldboden und sog die wohltuenden Gerüche tief ein. Immer, wenn ich nun in Zukunft an einer Tanne oder einem Stück Moos riechen würde, würde mich das an Hannah und unseren gemeinsamen Ausflug heute erinnern, sagte ich mir. Ich beschloss mir kleine Erinnerungsbrücken zu bauen, da ich wusste, dass es bald an der Zeit sein würde, zu gehen. Es war unabdingbar. Und obwohl ein Bondondo nie auch nur die kleinste Kleinigkeit vergaß, wollte ich dennoch mehr haben als nur eine Erinnerung, etwas Intensives, etwas, womit ich mich jederzeit an diesen Tag zurückversetzt fühlen konnte. Nach einigen Metern erreichte ich die Lichtung – die andere Seite des Waldes. Hannah war längst dort angelangt und saß triumphierend und entspannt auf einer dicken Baumwurzel. Sie sah so völlig unbeschwert aus, fast so als wäre sie noch immer die kleine Hannah von damals.

»Bist du auch endlich da?«, fragte sie belustigt mit einer dicken Spur von Sarkasmus und legte ihre Hand vor den Mund, um ein übertriebenes Gähnen vorzutäuschen.

»Ja und ob«, erwiderte ich. Grinsend legte ich den Mundwinkel schief und hob eine Augenbraue nach oben, während ich mir meinen Hut wieder aufsetzte.

»Du und dein Hut!«

Ich blitzte sie herausfordernd an und trat näher. »Nichts gegen meinen Hut, ja!«

Hannah nahm die Herausforderung an. »Was dann?«, witzelte sie weiter und baute sich vor mir auf.

Ich kam noch ein Stück näher, packte sie an den Oberarmen, um ein bisschen mit ihr zu rangeln und zu albern, so wie wir es früher oft getan hatten. Doch nachdem ich mit beiden Händen nach ihren Oberarmen gegriffen hatte, durchzog mich ein eigenartiger Blitz. Es war so intensiv. Alles in mir begann zu kribbeln. Ich hörte augenblicklich damit auf, albern zu sein. Mit einem Mal sah ich ihr mit einer ungeheuren Ernsthaftigkeit in die Augen. Den Blick erwidernd, hielt auch Hannah inne und stellte das Lachen ein. Es war wieder diese Art von Zauberbann zwischen uns, so wie ein starker Sog, der einen immer tiefer in den anderen versinken ließ.

Schließlich schaffte ich es doch, mich daraus zu befreien und mich im Gras vor uns niederzulassen. Meine Knie zitterten. Wieder dieses Herzrasen! Es war zwar ungewohnt, aber auch schön. Nichtsdestotrotz ließen diese merkwürdigen Empfindungen mich auch unsicher werden und das wollte ich im Grunde nicht.

»Was ist los, Mando?«, fragte Hannah und setzte sich direkt neben mich. Ich wollte nicht darüber sprechen, da es doch eigentlich absurd war. Ein Bondondo ist ein groß geratener, kindlicher Freund, nicht mehr! Und da Bondondos auch niemals lügen konnten, schwieg ich.

»Ich habe dich die ganzen letzten Jahre so sehr vermisst«, ergriff Hannah schließlich das Wort und legte einen Arm um meine Schulter. Jede Berührung von ihr tat so gut und schmerzte gleichzeitig so sehr. Ich war einfach so verwirrt.

Ich rang mir noch ein Lächeln ab, schaute sie wieder an und sagte dann: »Du hast mir auch so sehr gefehlt.« Nun löste ich mich aus Hannahs Arm, indem ich wieder aufstand.

»Weißt du noch, als wir einmal im Vorgarten der gräflichen Stiftung nach einem Schatz gegraben haben?«, fragte ich sie amüsiert.

»Oh, ja! Ich war von oben bis unten voller Dreck. Frau Korriander hat mir daraufhin zur Strafe Hausarrest erteilt«, erinnerte sich Hannah. Ich ließ meinen Blick über den Waldrand schweifen, fixierte die nah beieinander gewachsenen Tannen und Eichen. Als ich dann wieder zu Hannah aufschauen wollte, stellte ich fest, dass sie nun direkt neben mir stand und mich mit einem neckischen Gesichtsausdruck bedachte. Irgendetwas heckte sie aus. Ein milder Wind wehte uns durch die Haare. Außer dem wundervollen Gesang von Drosseln und Amseln war nichts zu hören. Entschieden streckte Hannah mir eine Hand entgegen und deutete mit ihrem Kopf auf eine matschige Stelle in der Wiese, die sich an einem kleinen Tümpel ein paar Schritte vor uns befand.

»Darf ich bitten?« Ich konnte mir ein Lachen jetzt nicht mehr verkneifen. So ergriff ich Hannahs Hand und wir bewegten uns tänzelnd zu dem kleinen Tümpel hinüber. Sie wollte also einen unserer berühmten Matsch-Tänze mit mir aufführen. Fröhlich hielten wir uns an den Händen und hüpften tänzelnd im Kreis umher. Der Matsch spritzte uns von den Beinen bis zum Kopf. Es machte ja so einen Spaß! Hannah lachte herzlich. Sie besaß zweifelsohne das ehrlichste und vollkommenste Lachen, das ich kannte.

Nach einer ganzen Weile, als wir genug hatten und unsere Kleidung mit erdigen Spritzern übersät war, beendeten wir schließlich unseren Tanz. Hannah hielt jedoch nach wie vor meine Hände mit ihren fest umschlossen. Ein neuer Zauberbann entstand zwischen uns, als sie mich zum wiederholten Mal mit diesem durchdringenden Gesichtsausdruck bedachte. Sie nahm mir den Hut vom Kopf, ohne den Blick von mir abzuwenden.

»Das wollte ich schon immer tun«, sagte Hannah und setzte sich meinen Hut auf. Ich sah diese Sehnsucht in ihren Augen, dieses Flackern, das darin lag. Ihr Gesicht kam dem meinen ganz nah, so nah, dass kein Staubkorn mehr zwischen uns Platz gefunden hätte. Mein Herz raste wie ein Schnellzug. Nun peilten Hannahs Lippen meine Lippen an und das schien mir den Atem zu rauben. Dann küsste sie mich. Es war ein unbeschreiblich schönes Gefühl, ihre warmen, weichen Lippen süß und zärtlich auf meinem Mund zu spüren. Pures Glück durchströmte mich. Ich hatte nie verstanden, was die Menschen immer so toll am Küssen fanden – bis jetzt. Voller Hingabe und Liebe erwiderte ich diesen Kuss. Wie von selbst umfassten meine Hände nun Hannahs Hüften und zogen sie ganz dicht an mich heran, um auch das restliche Stückchen Abstand zwischen uns verschwinden zu lassen. Unser Kuss wurde immer inniger und leidenschaftlicher. Ich konnte nicht mehr aufhören sie so zu küssen. Wie im Rausch gaben wir uns unseren Gefühlen füreinander hin.

Kapitel 21

Angespannt saß Herr Bender an seinem reichlich gedeckten Esszimmertisch, Hannah ihm direkt gegenüber. Er musterte die junge Frau beklommen.

»Es freut mich, dass Sie unsere Einladung angenommen haben, Frau Engeler«, sagte er schließlich und warf einen kurzen Blick auf David, der ein bisschen missmutig mit der Gabel in seinen ungewollten Erbsen herumstocherte.

»Ich danke Ihnen für dieses Treffen, Herr Bender. Es freut mich wirklich außerordentlich«, gab Hannah zurück und nahm einen Bissen von dem köstlichen Lammfleisch, das Susanne zubereitet hatte. Man konnte wirklich mehr als deutlich ausmachen, wie unwohl sich sowohl Hannah als auch Herr Bender fühlten. Die Situation war nun einmal sehr speziell.

»Erzählen Sie doch ein wenig von sich, Hannah. Ich darf doch Hannah zu Ihnen sagen, oder?«

»Ja, gerne. Also ich wohne in Bad Vilbel, an der Grenze zu Frankfurt. Derzeit arbeite ich dort im Gastronomiebereich«, erzählte die junge Frau.

»Ah, sehr schön«, erwiderte Herr Bender knapp. So recht wusste er nicht, was er sagen sollte. Zu viel Aufregung und Anspannung machten sich in ihm breit. Immer wieder rutschte er nervös auf seinem Stuhl hin und her. David allerdings berichtete den beiden Elternteilen von seinem kompletten Schultag und vermied somit das Aufkommen peinlichen, krampfigen Schweigens.

Dafür war Hannah dem Jungen sehr dankbar. Ihr war durchaus bewusst, dass Herr Bender sehr viel Ansehen und Geld besaß. Und außerdem hatte er eine prunkvolle kleine Villa aus dem Familienbesitz, deren Einrichtung für sie zwar beeindruckend erschien, die jedoch nicht unbedingt ihren Geschmack traf. Hier fehlten ihrer Ansicht nach hölzerne Farben, Beige-Töne, die mehr Häuslichkeit und Wärme ausgestrahlt hätten. Alle Möbel, die Hannah erblickte, waren weiß und machten auf die junge Frau einen eher sterilen Eindruck.

Nichtsdestotrotz war Herr Bender ein guter Vater für David. Es war für Hannah beruhigend zu wissen, dass er den Jungen mehr als nur gut versorgen konnte. In materieller Hinsicht fehlte es David an nichts und auch aus menschlicher Sicht war nicht das Geringste einzuwenden, wie Hannah fand. Herr Bender war ein liebender Vater, das merkte man an der ganzen Art, wie er mit David sprach, wie er ihn ansah.

Hannah blieb den ganzen Abend in der Villa, auch als David längst zu Bett gegangen war. Das Eis zwischen Davids Vater und ihr schien mehr und mehr zu brechen. Beide saßen gemütlich mit einem Glas Rotwein am Kaminfeuer, während Herr Bender über seine verstorbene Frau und den Unfall damals sprach sowie über Davids Adoption. Er erzählte davon, wie glücklich er und seine Frau darüber gewesen waren, als sie den Jungen bekommen hatten.

»Ich war sechzehn Jahre alt, als ich ihn zur Welt brachte. Ich war selbst noch ein Kind, wollte, dass er alles bekommt, was ich ihm zu dieser Zeit einfach nicht bieten konnte«, erklärte Hannah, zog ihre Stirn kraus und versuchte den unsicheren Blick ihres Gegenübers zu deuten.

»Ich kann Ihre Lage sehr gut nachvollziehen, Hannah, und es ist natürlich auch in meinem Interesse, dass David Zeit mit seiner Mutter verbringen kann. Das Sorgerecht liegt jedoch weiterhin bei mir und hier wird der Ort sein, wo David heranwachsen wird, um eines schon mal vorab klarzustellen.«

Hannah nickte energisch. »Ja, natürlich. Sie sind und bleiben weiterhin Davids Vater und das hier sein Zuhause. Bitte haben Sie diesbezüglich keine Sorgen. Ich möchte nur Zeit mit meinem Sohn verbringen, ihn kennenlernen. Es war nämlich ein plötzliches Geschenk für mich, ihn wieder in meinem Leben zu haben. Mir wurde plötzlich klar, welch große Leere all die letzten Jahre in mir geherrscht hat.«

Hannah bemerkte Denkfalten auf Herrn Benders Stirn. Dieser wollte natürlich endlich wissen, wie es nun dazu gekommen war, dass Mutter und Sohn sich kennenlernen konnten. Auf seine Nachfrage hin wusste Hannah nicht so recht, was sie sagen sollte. Vielleicht: *Herr Bender, es war Davids und mein gemeinsamer Freund, der uns zusammen geführt hat und den Sie leider nicht sehen können?* Oder noch besser: *David ist in der Adoptionsvermittlungsstelle eingebrochen und hat in seiner Akte geblättert ?* Wohl kaum! Also musste Hannah improvisieren und behaupten, dass sie diejenige gewesen war, die den Kontakt hergestellt hatte.

Im Flur der Villa sollte ich auf Hannah warten. So hatten wir es ausgemacht. Ich war bei David in seinem Zimmer gewesen. Ich hatte ihm noch eine Gute-Nacht-Geschichte erzählt. Eine Geschichte aus dem Bondondo-Land, die ich früher schon seiner Mutter und ebenso unzählig vielen anderen Kindern erzählt hatte. Diese Erzählung handelte von einem Bondondo, der eines Tages beschlossen hatte, den Mond zu besteigen.

David schlief jedenfalls nun tief und fest und ich schlich den langen, hellen Flur entlang. Im Nebenzimmer hörte ich die Stimmen von Hannah und Herrn Bender, die sich, falls ich es richtig verstanden hatte, gerade verabschiedeten. Einige Minuten verstrichen, ehe ich mitbekam, wie sich Hannah nun auf der Türschwelle befand und Herrn Bender die Hand schüttelte. Rasch verließ ich gemeinsam mit ihr die Villa. Ich war noch immer ein wenig verwirrt und berauscht von unserem letzten Kuss. Nach wie vor war das alles neu für mich.

Unsicher stopfte ich die Hände in die Hosentaschen, als ich neben Hannah herlief. »Wie ist der Abend gelaufen?«, wollte ich von ihr wissen, nachdem ich mich unsicher geräuspert hatte. Ein Bondondo, der unsicher und schüchtern war? Wieder etwas Neues!

»Herr Bender ist wirklich ein sehr netter Mensch. Er räumt mir so viel Zeit mit meinem Sohn ein, wie ich brauche.« Diese Worte strotzten förmlich vor Enthusiasmus und Freude.

»Das ist ja großartig!«, meinte ich lächelnd. Warum konnte ich mich bloß nicht wirklich über diese Neuigkeit freuen? Grundsätzlich freute ich mich, natürlich. Ich wünschte mir nämlich endlich ein Happy End für Hannah und auch für David. Es sah ganz so aus, als ob sich nun alles zum Guten wenden würde. Mein Auftrag war so gut wie erledigt. Das würde bedeuten, dass ich weiterziehen müsste, dachte ich, als ich schon von Hannahs Stimme aus meinen Gedanken gerissen wurde.

»Mando?«

»Ja.«

»Ich habe dich gerade gefragt, ob wir beide morgen mit David zusammen am See schwimmen gehen sollen?«, wiederholte Hannah die Frage, die sie mir scheinbar bereits gestellt hatte, und fing an mich zu mustern.

»Alles in Ordnung?«

Ich setzte mein Bondondo-Lächeln auf und gab Antwort. »Das ist eine gute Idee. Genau das machen wir.« Hannah spürte, dass ich mir

Sorgen machte – worüber konnte sie sich auch denken. Es waren auch ihre Sorgen. Wortlos nahm sie meine Hand, verschränkte sie mit ihrer und schlenderte mit mir durch die hereinbrechende Nacht zurück zum Hotel.

»Bleibst du heute Nacht bei mir?«, wollte Hannah von mir wissen, als wir vor ihrer Zimmertür angelangt waren. Erwartungsvoll sah sie mich an. Ich zögerte für einen Moment. Obwohl ich nicht wusste, ob das wirklich so eine gute Idee war, willigte ich dennoch ein.

»Ich habe immer noch Angst, dass mein Stiefvater nach mir suchen könnte«, gestand Hannah, während sie die dicken, grauen Vorhänge vor den Fenstern zur Seite zog, die am Tag dafür gesorgt hatten, dass sich die Hitze nicht zu sehr in dem Raum staute. Schwaches Laternenlicht drang nun durch die Zimmerfenster. Ich bewegte mich auf Hannah zu und legte tröstend meine Hände auf ihre Schultern, als ich schließlich direkt hinter Hannah stand.

»Nein, es ist schon lange vorbei, Hannah. Er wird dich nicht finden, weil er gar nicht nach dir suchen wird.«

Nun drehte sie sich zu mir um. Hannah wirkte skeptisch. »Was macht dich so sicher?«, fragte sie mich mit ernster Miene.

Ich schaute aus ruhigen Augen zurück, antwortete dann: »Es war eine leere Drohung, die dein Stiefvater vor Jahren ausgesprochen hat. Es wird nie geschehen, da bin ich sicher.«

Hannah rang sich ein mildes Lächeln ab und strich mir mit einem Finger sanft über die Wange. »Ich habe dir bisher für alles gedankt, was du bereits für mich getan hast, außer dafür, dass du vor einigen Tagen mein Leben gerettet hast«, begann sie stockend und schaute mich durchdringend an. »Jetzt, wo ich vor dir stehe, weiß ich überhaupt nicht mehr, warum ich nicht mehr leben wollte. Bevor du aufgetaucht bist, war mir nicht klar, wie viele Dinge es doch in meinem Leben gibt, für die es sich lohnt zu kämpfen. Ich werde hierher ziehen, nach Bad Cannstatt, in die Nähe meines Sohnes.«

Vor Freude über Hannahs Entschluss bekam ich eine Gänsehaut am ganzen Körper. Das war genau das, was ich von ihr hören wollte. »Du weißt gar nicht, wie glücklich du mich gerade eben gemacht hast!«, sagte ich und fuhr mit einer Hand über die Bandage, ihre Verletzung und über die übrigen versteckten Narben, die ihren Arm zierten.

»All deine Wunden sind dabei zu verheilen.«

»Ja, dafür habe ich keine Tabletten oder Therapie gebraucht, sondern nur meinen besten Freund.«

Wieder bemerkte ich die Sehnsucht in Hannahs Augen, als sie mich fixierte. Es lag zu viel Kraft in diesem Blick. Er ließ mich stark und schwach zur gleichen Zeit werden. Gerade, als sie mich fest in die Arme schloss, löste ich mich langsam, aber sicher wieder von ihr, setzte mich auf den Bettrand und starrte betrübt zu Boden. Schnell gesellte Hannah sich zu mir.

»Warum ziehst du dich zurück? Ich dachte, unser Kuss heute Mittag hätte für dich die gleiche Bedeutung wie für mich«, fragte sie enttäuscht.

Ich atmete tief ein und aus. »Es war wunderschön, Hannah, Ich habe nie mehr Glück und Freude als in diesem Moment empfunden, aber es wäre für dich und für mich nicht gut, wenn wir damit weitermachen würden«, erklärte ich seufzend und sah Hannah dabei zu, wie sie sich niedergeschlagen auf die Unterlippe biss. »Ich werde bald weiterziehen. Ich muss gehen, das weißt du«, fuhr ich ernst und mit zugeschnürter Kehle fort.

»Ich weiß«, entgegnete Hannah bitter und schluckte schwer. Dann schwiegen wir beide für einige Minuten. Wir saßen einfach nebeneinander, den Blick jedoch voneinander abgewandt. Doch wie aus dem Nichts näherte sich Hannah mir plötzlich stürmisch, schlang ihre Arme um mich und küsste mich einfach. Wieder war es wie ein zauberhafter Rausch für mich. Ich erwiderte den Kuss mit der gleichen Leidenschaft.

»Ich möchte, dass wir die kurze Zeit, die wir noch zusammen haben, genießen«, sprach sie in meinen Mund hinein, presste ihren Körper ganz nah an mich und ließ sich mit mir aufs Bett sinken. Zärtlich streichelte ich ihren Rücken und fuhr ihr mit den Fingerspitzen durchs Haar. Ich ließ mich ganz einfach fallen, kostete die Zärtlichkeiten, die Hannah und ich miteinander austauschten, in vollen Zügen aus, weil ich sie liebte.

Kapitel 22

Am kommenden Sonntagnachmittag besuchten Hannah, David und ich den Max-Eyth-See. David war wirklich glücklich über unseren gemeinsamen Ausflug. Vergnügt planschte er mit mir im See, nachdem er sich sein Shirt eilig vom Oberkörper gerissen hatte. Der Anblick dieses wundervollen Sees, dessen Oberfläche die Sonne silbern funkeln und glitzern ließ, löste bei mir solch eine Euphorie aus, dass ich mir nicht einmal die Zeit genommen hatte, meine Klamotten bis auf die Badehose abzustreifen. Stattdessen sprang ich einfach geradewegs ins kühle Nass. Mein Hemd und meine Hose würden bei diesem warmen Wetter so oder so binnen kurzer Zeit trocken sein, sagte ich mir.

Hannah saß noch auf ihrer roten Decke, die sie auf der Wiese ausgebreitet hatte und beobachtete unsere lustigen Wasser-Kabbeleien. Als David auf meinen Rücken sprang und mich durch sein Gezappel zu Fall brachte, lachte sie herzlich. Glücklicherweise hatten wir uns ein Plätzchen ausgesucht, das nicht so gut besucht war, da es sich um eine eher abgelegene Stelle des Sees handelte. Hin und wieder passierten ein paar Wanderer oder Radler den Weg, die belustigt zu uns rüberschauten. Ansonsten hatten wir diesen Teil des Gebietes fast für uns allein. Nachdem Hannah sich aus ihrem Kleid geschält hatte, stieß sie im Badeanzug und mit einem kleinen Schlachtruf auf den Lippen zu uns. Mit einer schnellen Handbewegung fischte sie meinen Filzhut aus dem Wasser – ich hatte ihn mal wieder verloren.

»Danke!«, sagte ich erleichtert. Ich musste mir wirklich angewöhnen, diesen Hut auch mal abzulegen, zumindest bei solchen Aktivitäten. Müßig wrang ich das triefend-nasse Stück mit beiden Händen aus und warf es wie eine Frisbee-Scheibe an Land, wo mein Hut direkt auf Hannahs Decke landete. Na, gut, er landete nicht ganz auf ihrer Decke, sondern eher daneben, aber das war ja auch nicht so wichtig.

»Ich habe eine Idee: Schaut beide mal nach oben«, sagte ich dann und ließ mit einem Fingerschnippen einen roten Luftballon über uns schweben.

»Wow, Mando! Wie hast du das denn gemacht?«, wollte David mit großen Augen von mir wissen. Energiegeladen hüpfte er mit ausgestrecktem Arm umher, doch der Ballon schwebte ein Stück zu hoch über dem Jungen, als dass er in hätte greifen können.

»Hat er dir nicht erzählt, dass er eine Zaubererausbildung abgeschlossen hat?«, scherzte Hannah und warf mir einen neckischen Blick zu. Ich hob nur schelmisch grinsend einen Mundwinkel an.

»Ihr werdet euch gleich umgucken«, erklärte ich verheißungsvoll und gestelzt bedrohlich. Wieder schnippte ich mit dem Finger. Nochmal ... nochmal ... wieder ... und wieder. Über uns tanzte eine Schar bunter Luftballons in den unterschiedlichsten Farben. Fasziniert schauten David und Hannah zu ihnen hinauf. Erneut schnippte ich mit dem Finger. Von der Schwerkraft angetrieben, sanken die bunten Kugeln nun langsam nach unten. Zwei der Ballons berührten Hannahs beziehungsweise Davids Kopf und erteilten ihnen eine erfrischende Wasserdusche, als sie dabei platzten und sich Wasser aus ihnen ergoss. Mich selbst verschonte ich natürlich auch nicht. Hannah stieß einen reflexartigen Schrei aus, fing dann wild an zu lachen. David berührte noch mehr herabsinkende Ballons und holte sich eine Dusche nach der anderen ab.

»Echt abgefahren!«, johlte der Junge.

»Das sind Bondondo-Wasserbomben«, erklärte ich den beiden schließlich.

Wir verbrachten einen wundervollen Nachmittag zusammen, an dem wir die Zeit völlig vergaßen. Ich merkte, wie David und Hannah sich mehr und mehr annäherten und vertrauter wurden. Hannah erzählte ihm sicherlich noch ein Dutzend Anekdoten aus unserer früheren gemeinsamen Zeit in der gräflichen Stiftung und der Junge hörte aufmerksam zu, wie gebannt war er. Ich sah die beiden an diesem Tag wirklich sehr viel zusammen lachen. David aß die Sandwiches, die seine Mutter zuvor für ihn zubereitet hatte. Hannah hatte Essen und Getränke in einem Korb zum See transportiert. Ich zog mich später sogar allein auf die Decke zurück, um ihnen ein bisschen Zeit zu zweit zu verschaffen. Das Bild, wie Mutter und Sohn miteinander Fangen spielten, so als hätten die langen Jahre sie nie voneinander getrennt, verursachte ein wohlig warmes Gefühl in meinem Herzen. Abends dann saßen wir drei eng aneinandergereiht auf der Decke und beobachteten den Sonnenuntergang. Der Himmel um uns herum war in ein zauberhaftes Abendrot getaucht, das sich auf der Oberfläche des Sees spiegelte und eine Spur von Vollkommenheit und Einklang zurückließ. Ich genoss jede Sekunde mit meinen beiden Lieblingsmenschen und ich merkte, dass es mir mit jedem Tag, ja sogar mit jeder Minute schwerer fallen würde, bald weiterziehen zu müssen.

Hannah saß auf der Bettkante in Davids Zimmer und brachte den Jungen zu Bett. Er lag bereits ausgestreckt darin. »Das war ein wirklich schöner Tag mit dir, David«, sagte Hannah lächelnd und strich ihm sanft über seine Wange.

David setzte ein breites und glückliches Grinsen auf und erklärte dann: »Ja, finde ich auch.«

»Weißt du, David, ich muss dir noch einiges erklären. Das wollte ich schon die ganze Zeit tun.« Die Stimme der jungen Frau wirkte angespannt. Mit ernster Miene betrachtete sie nun ihren Sohn. »Ich will nur, dass du weißt, dass ich immer, wirklich jeden einzelnen Tag in den vergangenen neun Jahren, an dich gedacht habe. Und glaub mir, wenn die Umstände anders gewesen wären, hätte ich eine Möglichkeit gefunden, dich großzuziehen.« Hannah seufzte tief und wischte sich zwei Tränen aus ihren Augen.

Langsam streckte der Junge eine Hand nach ihr aus. Hannah ergriff sie. »Ich bin so froh, dass du jetzt da bist, Mama!«

Tränen, die Hannah nun nicht mehr in Schach halten konnte, bahnten sich einen Weg über ihre Wangen. Diesmal waren es Freudentränen. Erleichterung und Glück war es, was sie verspürte. Eine ungeheure Last wich der jungen Frau in diesem Moment von den Schultern.

»Nichts auf der Welt wird uns jemals wieder voneinander trennen, mein Sohn! Ich werde hierher, nach Bad Cannstatt ziehen, in deine Nähe, das verspreche ich dir!«

»Echt?« Davids Stimme wurde lauter.

»Ja, ganz echt.«

»Das ist ja toll!« Beide fielen sich nun um den Hals.

»Ich liebe dich, David.« Hannah verweilte noch etwa zehn Minuten auf der Bettkante, ehe er schließlich einschlief. Leise erhob sie sich und zog die Tür hinter sich zu.

»Hannah! Kann ich Sie einen Augenblick sprechen?«, erklang Herrn Benders Stimme. Er stand mitten im Flur und warf ihr einen nicht zu deutenden Blick zu.

»Ja natürlich, Herr Bender.«

»Ich heiße übrigens Theo.«

»Gerne, Theo.«

»Ich habe vorhin ungewollt an Davids Zimmertür gelauscht und euer Gespräch mitbekommen. Du möchtest also nach Bad Cannstatt ziehen?«

»Ja, das stimmt. Ich möchte einfach nichts auf der Welt mehr, als in Davids Nähe sein.«

»Ich habe mir etwas überlegt. Zufällig habe ich oben noch ein freies Gästezimmer und wir, also David und ich, würden uns sehr darüber freuen, wenn du fürs Erste zu uns ziehen würdest.«

Ungläubig und unsagbar erfreut schaute Hannah den Mann nun an. »Wirklich? Das wäre großartig! Das ist wirklich sehr großzügig von Ihnen. Ich meine von dir.«

»Also, was sagst du?« Herr Bender lachte verschmitzt.

»Ja, das wäre toll. Das mache ich liebend gern«, gab Hannah freudestrahlend zurück. Sie wusste nicht, wie ihr geschah.

»Es freut mich sehr, Hannah. Morgen früh holst du deine Sachen und kommst hierher. Ich werde Susanne bitten, das Zimmer für dich herzurichten.«

Als Hannah mir am späten Abend in ihrem Hotelzimmer, alles erzählte, was sie und Herr Bender miteinander besprochen hatten, schien sich das letzte Teil des Puzzles gefügt zu haben. Hannah hatte endlich ihr Happy End.

»Ich kann es nicht glauben, Mando! Ich werde jetzt jeden Tag bei meinem Sohn sein können.« Das Gesicht vor Freude und Begeisterung glühend sah sie mich mit ihren großen rehbraunen Augen an.

»Hannah, ich kann dir gar nicht sagen, wie sehr ich mich für dich freue«, entgegnete ich ebenso begeistert.

»Jetzt muss ich nur noch einen Job hier in der Gegend finden«, meinte sie.

»Du hast alle bisherigen Hürden erfolgreich gemeistert. Meinst du nicht, dass das ein Leichtes für dich sein wird?!«, ließ ich aufbauend und mit einem Leuchten in den Augen verlauten. Hannah nickte und griff aufgekratzt nach ihrer Reisetasche, um ihre Klamotten aus dem Schrank dort hineinzubefördern. Ich bewegte mich mit sicheren Schritten auf sie zu, fasste nach ihrer Taille und zog sie ganz nah an mich heran, um sie schließlich küssen zu können. Die Anspannung und Aufregung, die Hannah gerade noch befallen hatten, waren mit einem Mal fort. Zärtlich erwiderte sie meinen Kuss. Ich hielt sie nach wie vor eng umschlungen, musste allerdings meinen Griff für etwa zwei Sekunden von ihr lösen, damit ich meinen Hut abnehmen konnte, welchen ich schließlich unachtsam zu Boden schmiss. Dann ließ ich mich zusammen mit Hannah auf das Bett fallen. Ihre Atmung ging schneller. Ich fühlte das Pochen ihres Herzens ganz nah an meiner Brust. Liebevoll fuhr sie mir mit einer Hand durch mein Haar, zerwühlte es. Die Extase, die mich stärker und stärker befiel, war für mich kaum in Worte zu fassen. Ich fühlte das, was Hannah fühlte, und sie fühlte das, was ich fühlte, denn es war ein und dasselbe Empfinden. Wir waren ein Ganzes, fest miteinander verschmolzen.

Die Nacht über hielt ich meine Hannah im Arm, genoss ihre Wärme und Nähe.

»Bist du noch wach?«, flüsterte ich nach dem zehnten Glockenschlag der Kirchturmuhr in ihr Ohr.

Hannah antwortete nicht. Ganz dicht an mich gekuschelt, atmete sie friedlich ein und aus. Wie beruhigend das war! Ich stieß einen langen, stummen Seufzer aus und strich über Hannahs Stirn. Jede einzelne Sekunde mit ihr wünschte ich mir ganz einfach festzuhalten zu können. Doch die Zeit war nun einmal leider etwas Vergängliches, sie war flüchtig wie Sand zwischen den Händen, sie war mein Gegner, mein Feind.

»Hannah, ich habe Angst davor, dich wieder zu verlassen. Wenn es möglich wäre, würde ich auf ewig bei dir und David bleiben. Leider geht das nicht. Ich liebe dich, Hannah.« Diese Worte ließ ich so leise wie nur irgend möglich in der stummen Nacht verhallen, gerichtet an die schlafende Frau in meinen Armen, von der ich im Nachhinein nicht mehr ganz so sicher war, ob sie wirklich tief und fest geschlafen hatte.

Kapitel 23

In den nächsten Tagen – Hannah war bereits oben im Gästezimmer von Herrn Benders Villa eingezogen – hatte die junge Frau alle Hände voll zu tun; sie musste den Mietvertrag ihrer alten Wohnung in Frankfurt kündigen, ihre Besitztümer dort zusammenpacken und nach Bad Cannstatt transportieren, in ihre neue Heimat. Freundlicherweise hatte Herr Bender seine Hilfe angeboten und sich bereiterklärt, das kommende Wochenende mit ihr zusammen zu ihrer alten Wohnung zu fahren und diese leerzuräumen. Er besaß einen sehr geräumigen Kombi, das ideale Auto, um Hannahs Sachen dort zu verstauen. Die Möbel gedachte sie allerdings in ihrer Wohnung zu lassen, vorausgesetzt der Nachmieter, den sie eventuell noch finden würde, würde sich bereiterklären, diese auch zu übernehmen. Ansonsten hätte sie natürlich umso mehr Arbeit.

Hannah ließ auch ihre noch vorhandenen Arbeitskontakte in der Alten Mühle spielen. So erfuhr sie, dass ihr Kellner-Kollege Sebastian eine neue Wohnung in der Nähe suchte und liebend gern ihre Wohnung mit allen Möbeln darin übernehmen würde. Glück musste man eben haben! Hannah hatte längst eine Kündigung an ihren Arbeitgeber geschickt. Sie hatte nicht vor, ihre Kündigungsfrist einzuhalten, denn das würde bedeuten, dass sie ganze vier Wochen hier in dieser für sie trostlosen Gegend verweilen musste. Zugegebenermaßen war das mehr als kontraproduktiv hinsichtlich der Suche nach einer neuen Arbeitsstelle gewesen, aber dieser Ort schien sie auf einmal zu erdrücken und Hannah wusste selbst nicht, warum sie es so lange dort ausgehalten hatte. Sie wollte einfach nur so schnell wie möglich zu David und ihrem neuen Zuhause zurück.

Nun stand Hannah in ihrem Schlafzimmer in der alten Wohnung. Es war Samstagmittag. Sie war damit beschäftigt, einen großen Koffer mit Wäsche zusammenzupacken. Ich half ihr, so gut es ging, indem ich ihr die Blusen, Hemden und Röcke aus dem Kleiderschrank anreichte und Hannah diese in ihrem noch gefalteten Zustand in den Koffer legte. Inzwischen war Herr Bender damit beschäftigt, einen von drei Kartons, die Hannah gepackt hatte, in seinen Kombi zu laden. Nachdem Herr Bender bereits zwei Kartons verstaut hatte, kam er ganz schön ins Schwitzen, wischte sich mit einem hervorgezogenen Taschentuch die Schweißperlen von der Glatze, steckte nun seinen Kopf in den Türspalt des Schlafzimmers und meinte: »Puh! Diese Kartons sind nicht ohne. Was hast du denn da drin? Wackersteine?«

»Ich habe Bücher, Badeutensilien und ein paar Vasen eingepackt«, antwortete Hannah.

»Na, schön. Dann werde ich mal den letzten Karton ins Auto

173

bringen. Brauchst du noch lange?«

»Nein, ich bin gleich fertig und komme in etwa einer halben Stunde zum Auto«, bestätigte Hannah Herrn Benders Hoffnung auf einen schnellen Abgang zurück nach Hause.

»Fein. Ich warte dann im Auto.«

Hannah nickte rasch und schnappte sich die Socken aus ihrer Nachttischschublade, um sie ebenfalls in den Koffer zu befördern. Herr Bender nahm seinen Kopf aus dem Türspalt und waltete seines Amtes. Keine zwanzig Minuten vergingen und wir beide waren fertig mit dem Packen. Hannahs Besitztümer beschränkten sich also auf drei Kartons und zwei Koffer. Zugeschnürt standen die Koffer reisefertig im Flur. Das wäre geschafft, dachte ich.

»Ach, ich muss noch meinen Briefkasten nach Post überprüfen«, informierte mich Hannah und machte sich auch schon auf den Weg in den Hausflur zu den Briefkästen. Ich hockte mich derweil auf einen der Koffer und wartete geduldig. Als ich Hannah dann konfus und geradewegs entrückt zurück in die Wohnung schreiten sah, erschrak ich. Völlig geistesabwesend blickte sie nicht mich an, sondern die Wand hinter mir. Wortlos ging sie an mir vorbei, steuerte die Küche an und ließ sich auf einen der Hocker sinken. Mit eiligen Schritten folgte ich ihr in die kahle, leergeräumte Küche.

In ihrer Hand bemerkte ich ein Blatt Papier, ein Schriftstück oder so etwas, mein Augenmerk forschend auf sie gerichtet.

»Hannah, was ist los?«, wollte ich mit belegter Stimme von ihr wissen und konnte ausmachen, dass sich keine Regung auf ihrem Gesicht abzeichnete. Immer noch wortlos streckte sie mir nun das Schriftstück entgegen, welches sie halb zerknüllt in beiden Händen hielt. Sofort begann ich zu lesen, was da stand:

Hallo Hannah,
ich habe in den letzten Tagen versucht,
dich zu besuchen. Es sind nun einige Jahre
vergangen, in denen wir uns nicht gesehen haben.
All die Jahre, die du mich hast unschuldig im Gefängnis
schmoren lassen. Du undankbares Miststück kannst dich
nicht vor mir verstecken! Ich habe dir gesagt, dass ich dich
finden werde – egal wo du dich aufhältst.

Paul

Jedes einzelne dieser geschriebenen Worte verpasste mir einen Seitenhieb und schnürte mir die Luft ab. Sorgenvoll sah ich nun wieder zu Hannah hinüber. Sie starrte nach wie vor ins Leere, zeigte keine Reaktion, so als würde sie sich in einem Schockzustand befinden. Ihre schlimmsten Alpträume wurden gerade wahr.

»Hannah, bitte rede mit mir! Sag etwas, irgendetwas!«, forderte ich sie auf.

»Ich habe Angst, Mando.« Diese vier Worte kamen zögerlich aus ihrem Mund.

Ich legte meine Hände auf ihre Schultern. Dann zog ich sie an den Schulterblättern hoch, so dass sie wieder auf ihren Beinen stand. Ich versuchte sie aus ihrer Starre zu befreien, indem ich sie in meine Arme nahm und sie ganz fest hielt. »Ich lasse nicht zu, dass er dir etwas antut, hörst du! Ich werde die ganze Zeit über bei dir bleiben und dir nicht von der Seite weichen. Ich beschütze dich, Hannah.«

Tausend Gedanken schossen mir auf der Rückfahrt nach Bad Cannstatt durch den Kopf. Angefangen mit der Frage, wie Paul hatte herausfinden können, dass Hannah in Bad Vilbel lebte. Hatte Marie, seine Ex-Frau, es ihm etwa gesagt? Warum hätte sie das tun sollen? Sie verabscheute ihn fast genauso sehr wie Hannah. Dann fiel mir wieder ein, wie ich damals herausgefunden hatte, wo Hannah lebte. Dieses tückische Internet! Natürlich. Unaufhörlich ratterte es in meinem Kopf.

Während der zweistündigen Autofahrt, als Hannah auf dem Vordersitz neben Herrn Bender saß, war sie stumm wie ein Fisch. Verwundert warf Theo ihr hin und wieder einen Seitenblick zu, fragte nach, ob alles in Ordnung sei, woraufhin Hannah schlicht und ergreifend entgegnete, dass sie nur sehr müde sei und die Nacht über kaum geschlafen habe. Ich befand mich auf der Rückbank hinter ihnen und konnte erkennen, dass Hannah mindestens alle zehn Minuten in den Rückspiegel, zu mir, schaute. Jedes Mal erwiderte ich ihren Blick.

Nachdem wir am späten Nachmittag wieder bei den Benders angelangt waren, ging Hannah, immer noch sichtlich mitgenommen, nach oben in ihr Zimmer. David war zu Besuch bei einem Schulfreund. Gott sei Dank bekam er nicht mit, in welchem Zustand seine Mutter sich gerade befand. In der ganzen Zeit, in der sie zusammengerollt in ihrem Bett lag, schaute sie mich kaum an, gab keinen Mucks von sich. Ihre Augen schienen leer zu sein. Ich legte mich direkt neben sie, rieb mit meinen Händen ihre kalten Oberarme warm.

»Du wirst also nicht fortgehen, wie du es nach meinen Umzug geplant hast?«, hörte ich Hannah plötzlich unsicher und ängstlich fragen.

Ich legte meinen Kopf auf ihre Schulter. »Nein, ich bleibe bei dir um auf dich aufzupassen«, entgegnete ich bemüht ruhig auf ihre Frage und umschlang mit meinen Armen ihren frierenden Oberkörper.

Kapitel 24

In den nächsten Tagen war Hannah damit beschäftigt, zusammen mit David ihr Zimmer umzugestalten. Da die gelbe Farbe an den Zimmerwänden bereits teilweise verblasst war und abbröckelte, hatte Herr Bender ihr erlaubt, dem Raum einen neuen Anstrich zu verpassen. Also ging ich mit David und ihr zusammen in einen Baumarkt, um Farbe sowie Farbrollen, Pinsel, Eimer und Malerband zu besorgen. Hannah entschied sich für einen cremeweißen Farbton. Zu meiner Erleichterung hatte sie sich inzwischen halbwegs gefangen, redete wieder normal, lachte sogar hin und wieder. Nichts auf der Welt konnte mich davon abhalten bei ihr zu bleiben. Sie brauchte mich und ich hatte Angst um sie. Niemals würde ich zulassen, dass ihr dieser Mistkerl wieder etwas antun würde. Allein die Vorstellung war unerträglich und trieb mich in den Wahnsinn. Ich hatte keine Ahnung, was Paul noch für Tricks anwenden würde, um Hannah ausfindig zu machen. Es war ihm jedenfalls schon einmal gelungen sie zu finden. Nur gut, dass sie zu diesem Zeitpunkt nicht in Bad Vilbel gewesen war.

Wieder bei den Benders angelangt, machten wir uns ans Werk.

Theo hatte das Zimmer bereits ausgeräumt. Schrank, Bett und Kommode lagerten derweil im Flur. Rasch legte Hannah den freien Raum mit Zeitungspapier aus und klebte die Fußbodenleisten, Steckdosen, Türrahmen und Fenster mit Malerband ab. Aus den übriggebliebenen Zeitungen bastelte ich David und ihr Papierhütchen. Selbstzufrieden setzte ich sie den beiden auf den Kopf, als ich fertig war. Anschließend schnappte ich mir die Leiter, die im Raum stand sowie den Farbroller und fing an die Decke zu streichen. David und Hannah knöpften sich die Wände vor. Dem Jungen schien diese Aktion ganz besonders viel Freude zu bereiten. Eifrig zog er seinen Pinsel sorgfältig von oben nach unten – Hannah hatte ihm die Technik erklärt.

»Ich bin fertig!«, rief ich den beiden nach etwa zehn Minuten triumphierend zu.

»Wie kannst du schon fertig sein?«, wollte Hannah erstaunt von mir wissen. Sie und David hatten gerade einmal eine halbe Wand geschafft.

»Ich bin eben ein Meisterstreicher«, gab ich grinsend zurück und stieg von meiner Leiter. Es war an der Zeit für ein bisschen Schabernack. Mit etwas mehr Spaß würde alles noch viel leichter von der Hand gehen. Ich warf im Handumdrehen einen der herumliegenden Pinsel in die Luft, schnippte einmal kurz mit dem Finger. Wie von Geisterhand machte sich der nun schwebende Pinsel selbstständig und malte kleine Blümchenmuster auf die noch nicht gestrichene Wandseite.

Augenblicklich lachte David amüsiert. »Hey Mando! Das ist ja voll cool!« Begeistert näherte er sich dem lebendigen, wild streichenden Pinsel und berührte ungläubig seinen Stiel. »Wow!«

Ich beobachtete Hannahs schmunzelndes Gesicht und hob neckisch eine Augenbraue nach oben. »Warum hast du das nicht eher gesagt?«, fragte sie mich.

»Was eher gesagt?«

»Ja, dass du Gegenstände zum Leben erwecken kannst! Dann hätten wir uns viel Arbeit ersparen können.«

»Wo wäre denn da der Spaß geblieben?«, erwiderte ich breit lächelnd und schnippte noch einmal mit meinem Finger. Ein weiterer Pinsel kam auf Hannah zugeflogen und verpasste ihr einen Farbklecks mitten auf die Nasenspitze.

»Hey!«, schrie sie belustigt, nahm sich nun ihren Pinsel zur Hand, schritt entschlossen auf mich zu und verabreichte mir einen Farbstrich direkt auf meine Wange.

»Farbschlacht, Farbschlacht!«, johlte David mit klatschenden Händen.

»Nein, nichts da!«, fiel ihm Hannah lachend ins Wort.

»Wieso denn eigentlich nicht?«, widersprach ich ihr kichernd und setzte mit meinem Pinsel zum Gegenschlag an. Erst betupfte er Hannahs Kinn, anschließend malte er David auf die Oberlippe. Der Junge quiekte, sprintete auf mich zu und ließ einen Farbklecks auf meiner Stirn zurück.

»Hey! Schluss jetzt ihr zwei Rabauken!«, sagte Hannah in einem bemüht autoritären Tonfall, der leider nicht ganz überzeugend war. Das Kind in ihr lachte zu laut.

Entschlossen schnappte ich mir den zu Boden gefallenen Pinsel und bewegte mich auf Hannah zu.

Diese trat gleich zwei Schritte zurück. »Mando, nein!«

Ihren Tadel ignorierend, trat ich näher und blitzte sie herausfordernd an.

»Nein, hör auf!« Hannah lachte, während sie das sagte. Ich kam jedoch immer näher, scheinbar bedrohlich funkelte ich sie an. Hannahs Augen wurden größer, bis sie schließlich anfing, vor mir wegzurennen und dabei belustigt zu kreischen. Sofort nahm ich mit einem Lächeln auf den Lippen die Verfolgung auf. So rannten wir im Kreis, immer um die Leiter herum. Hannahs Kreischen und Lachen wurden immer lauter, ebenso wie Davids Gelächter, der das Spektakel fieberhaft verfolgte.

Ein paar Mal hatte ich versucht, Hannah den Weg abzuschneiden, indem ich aus der entgegengesetzten Richtung unseres kleinen Fangkreises auf sie zugerannt kam. Doch jedes Mal war sie mit einem kleinen Aufschrei ausgewichen. So ging das bestimmt einige Minuten, bis ich sie endlich erwischte und ihren Arm fest hielt. Den Stiel des Pinsels steckte ich mir nun in den Mund, da ich bei Hannahs Rumgezappel beide Hände benötigte, um sie in Schach zu halten.

»Nein! Nein!«, gab sie gackernd von sich und konnte sich vor

Lachen nicht mehr auf den Beinen halten. Wie ein nasser Sack ließ sie sich in die Hocke fallen. Somit war Hannah leichte Beute für mich. »Gnade! Gnade!«

»Nichts da!« Eingekesselt wie sie war, zückte ich meinen Pinsel und malte ein kleines Herz auf ihre Stirn. Hannah konnte deutlich fühlen, dass es eines war. Sie ließ sich aus ihrer Hocke rücklings auf den Boden sinken, riss mich mit sich. Das Grinsen, das sie jetzt aufsetzte, war so breit, dass es bis zu den Ohren ging. Nur mit Mühe konnte ich im Fallen meine Hände auf dem Boden abstützen, um nicht mit meinem gesamten Körpergewicht auf Hannah draufzukrachen. Als ich mich so über sie beugte und sie verschmitzt und unendlich verliebt ansah, zog sie mich entschieden noch näher an sich heran, so nah, dass sich unsere Lippen berührten und sie mich voller Hingabe küsste.

»Bist du in meine Mutter verliebt? Seid ihr etwa zusammen?«, wollte David neugierig von mir wissen, als ich nach dem Abendbrot noch in seinem Zimmer vorbeischaute, um Gute Nacht zu sagen. Im Schneidersitz saß der Junge auf seinem Bett und schaute mich fragend an.

Auf der Bettkante verharrend, zwinkerte ich ihm einmal kurz zu und meinte dann: »Ja, Kumpel. Ich liebe deine Mutter.« Aber auf die Frage, ob wir nun zusammen waren, konnte ich ihm keine richtige Antwort geben. Was bedeutete das in der Erwachsenenwelt? Wie genau führte man eine Beziehung? Es war ja im Grunde nicht geplant, dass ich länger bei Hannah bleiben würde. Und wie lange, das wusste ich selbst nicht genau. Doch solange Paul eine Bedrohung für Hannah darstellte, würde ich bleiben. Und um ehrlich zu sein, machte mich die Tatsache, weiterhin bei Hannah und auch David sein zu können, überglücklich, auch wenn die Umstände nicht ganz so erfreulich waren.

Die Wandfarbe in Hannahs Zimmer war im Laufe des Tages getrocknet, die Möbel befanden sich auch wieder darin. Sie hatte sich diesen Raum ziemlich gemütlich eingerichtet, wie ich fand. Das Bett, das vorher seitlich in Richtung Tür platziert war, stand jetzt direkt rechts unter dem Fenster. Der Kleiderschrank befand sich links, daneben standen ein Tisch und ein kleiner Stuhl, die Kartons lagerten in einer Nische hinter der Tür. Der Raum war für ein Gästezimmer ziemlich geräumig. Hier drin konnte man sich frei bewegen und umherlaufen, herumtollen und war somit für eine Person oder auch für zwei – ich musste mich mitzählen – mehr als ausreichend.

Das Fenster stand immer noch sperrangelweit offen, konnte ich feststellen, als ich Hannahs Zimmer betrat. Vergebens hatte sie versucht, den Geruch nach frischer Farbe aus diesem Raum zu verbannen. Es würde sicherlich einige Tage dauern, bis er vollständig verflogen sein würde.

»David hat mich gerade über uns zwei ausgequetscht«, teilte mir

Hannah amüsiert mit. Sie saß mit angezogenen Beinen auf dem Stuhl, warf mir einen kurzen Seitenblick zu und schaute dann weiterhin zum Fenster hinaus. Es war später Abend. Die Straßenlaternen gaben gedämpftes Licht ab, welches durch das kleine Zimmerfenster drang. Ich stand mitten im Raum und trat näher.

»Ja, mich auch«, erwähnte ich.

»Und was hast du ihm auf die Frage, ob wir zusammen sind, geantwortet? Das hat er dich doch auch gefragt, oder?«

Nach weiteren zwei Schritten kniete ich mich vor Hannah und ihren Stuhl, sah sie ruhig an. »Ich habe David gesagt, dass ich bei dir bleiben werde. Ich weiß zwar nicht viel über solche Dinge, aber ich liebe dich, Hannah.«

Sacht strich sie mit einer Hand über meine Wange. In ihren Augen erkannte ich Tränen.

»Was ist denn? Was hast du, Hannah?«

Sie schniefte kurz und antwortete dann: »Es ist alles in Ordnung mit mir, Mando. Ich bin nur so glücklich. Ich habe meinen Sohn und ich habe dich zurück. Weißt du eigentlich, wie sehr ich dich liebe?«

Ich griff nach Hannahs Hand und umschloss sie. Dann legte ich meinen Kopf auf ihren Schoß und musste seufzen. Ihre Worte berührten auch den allerletzten Teil meiner Seele. Jedoch sorgte ich mich nach wie vor wegen Paul. Was wenn er hier wirklich auftauchen würde? Vielleicht sollte Hannah Herrn Bender einweihen?

»Was ist los, Mando? Habe ich etwas Falsches gesagt?«, wollte

184

Hannah von mir wissen, während sie sanft über meinen Nacken streichelte. Ich hob meinen Kopf an, sah zu ihr auf.

»Es hat nichts mit dem zu tun, was du gerade gesagt hast. Ich
mache mir nur immer noch Sorgen wegen …« Warum hatte ich das
gesagt? Ich war doch froh, dass es Hannah in Bezug auf die ganze
Sache mit Paul halbwegs besser ging. Und jetzt erinnerte ich sie
selbst wieder daran.

»Solange du bei mir bist, fühle ich mich sicher«, entgegnete sie.

Nervös kratzte ich mir den Hinterkopf. »Das ist ja schön und gut,
aber …«

Hannah ließ mich verstummen, indem sie einen Finger auf meinen Mund legte. »Sch … ich will davon nichts mehr hören. Ich
möchte die Zeit mit David und dir und auch mit Theo genießen. Ich
hatte niemals eine richtige Familie. Zum ersten Mal fühlt es sich so
an.«

Ihre Sätze riefen bei mir erneut Erinnerungen und Gewissensbis-
se hervor. Seitdem Hannah mir nach ihrem Selbstmordversuch all die
schlimmen Dinge aus ihrer Vergangenheit erzählt hatte, fühlte ich
mich dafür verantwortlich. Ich hatte sie vor dreizehn Jahren dazu
aufgefordert, zu dieser Pflegefamilie zu gehen. Ruckartig erhob ich
mich, beugte mich über die Fensterbank und schaute in die Dunkel-
heit, verbarg diesen Teil von mir, der mich zu zerreißen drohte, vor
ihr.

»Mando, was hast du? Bitte rede mit mir!«, bat Hannah mich und legte eine Hand auf meine Schulter. Wenn ich mich jetzt wieder zu ihr umdrehen würde, würde sie all meine Traurigkeit bemerken. Hannahs Vergangenheit hatte mich die ganze Zeit über belastet. Doch sie hatte schon mehr als genug eigene Last zu tragen.

»Bitte!« In ihrer Stimme lag etwas Flehendes.

Tief seufzend, verließ ich meinen Platz am Fenster und setzte mich nun auf den Stuhl. Deprimiert stierte ich zu Boden.

»Hey«, sagte Hannah und hob meinen Kopf an, damit sie in mein Gesicht schauen konnte.

»Du hast ja geweint«, stellte sie besorgt fest, kam auf meinen Schoß geklettert und versuchte mich weiter zu durchleuchten. »Ich möchte jetzt gern wissen, was genau in dir vorgeht. Sag es mir!«

Zögerlich ergriff ich das Wort. »Ich werde mir auf ewig Vorwürfe wegen damals machen. Wenn ich die Situation nur erkannt hätte, dann hätte ich niemals zugelassen, dass du zu den Emmenthals gehst! Du wolltest damals zusammen mit mir abhauen, erinnerst du dich?« Eindringlich und verzweifelt sah ich nun in Hannahs Augen.

»Bitte, Mando, mach dir keine Vorwürfe mehr. Es war doch nicht deine Schuld! Du konntest doch überhaupt nicht wissen, was passieren würde. Du wolltest nur ein Happy End für mich finden.«

Tröstend schlang Hannah ihre Arme um meinen Oberkörper und legte ihren Kopf auf meine Schulter. Ich liebte es, ihren warmen Atem in meinem Nacken zu spüren und auch das Klopfen ihres Herzens auf meinem Brustkorb. Zärtlich legte ich meine Hände auf ihren

Bauch. Wir verharrten sicherlich über Stunden in dieser Position, weil keiner von uns es schaffte, einfach aufzustehen.

Kapitel 25

In den folgenden Wochen war zu meiner Erleichterung nichts Besorgniserregendes geschehen. Kein Paul, der aus dem Nichts aufgetaucht war, keine irren Briefe oder gar Anrufe, wie ich es beinahe befürchtet hatte. Hannah, David und Herr Bender waren mehr und mehr zu einer kleinen Familie zusammengewachsen. Natürlich zählte ich mich zu dieser Familie dazu, auch wenn Herr Bender nichts von meiner Existenz wusste. Zu meiner Freude hatte Hannah sogar einen Job in einem kleinen Bistro in der Nähe der Stadt finden können. Fürs Erste zwar nur auf Teilzeitbasis, aber das war immerhin ein Anfang. So hatte sie sich finanziell im Haushalt der Benders einbringen können – Herr Bender hatte allerdings nichts dergleichen von Hannah verlangt.

An diesem Sonntagnachmittag – es war bereits September – machte Herr Bender zusammen mit Hannah und David ein Picknick im Rosensteinpark. Susanne hatte ihnen einen prall gefüllten Korb mit Käsesandwiches, Salat, Erdbeeren und Orangensaft zusammengestellt. Auf einer großen blauen Decke hockten wir alle. Nun, ich saß weiter abseits am Rand und sah Hannah, David und Theo beim

Essen zu. Seit einiger Zeit wirkte Herr Bender viel entspannter und ausgeglichener, wie ich feststellen konnte. Er schien nicht mehr so gestresst und gehetzt zu sein. Bevor Hannah in sein Leben getreten war, war er eindeutig ein wenig überfordert gewesen in seiner Rolle als alleinerziehender Vater. Man konnte deutlich erkennen, dass ihm weibliche Unterstützung hinsichtlich Davids Erziehung gut tat. Theo war dankbar, dass Hannah da war und wusste, dass er mit der Entscheidung, sie in die Villa zu holen, etwas Gutes geschaffen hatte.

»Wollen wir gleich Federball spielen?«, fragte David seinen Vater, während er gerade dabei war, einen Bissen seines Sandwiches herunterzuschlucken.

»Man spricht nicht mit vollem Mund«, tadelte Theo.

»Hä?«, sagte David mit weit geöffnetem Mund, so dass man all seine zerkauten Essensreste in den Mundwinkeln betrachten konnte. Angeekelt schnitt Theo eine Grimasse.

»Erstens heißt das nicht hä, sondern wie bitte, David. Das habe ich dir bestimmt schon ein Dutzend Mal erklärt. Und zweitens meinte ich vorhin, dass man nicht mit vollem Mund sprechen soll«, knurrte Herr Bender, wirkte dabei allerdings auch schon halbwegs versöhnlich.

Er tätschelte seinem Sohn nun den Kopf und suchte Augenkontakt zu Hannah. Als diese seinen Blick erwiderte, lachte er herzlich. Nun musste auch Hannah lachen. Sie streckte entspannt ihre Beine vor sich aus, stützte sich mit beiden Händen hinter ihrem Rücken ab und blickte genießerisch in den blauen, mit Quellwolken durchzogenen Himmel. Immer mehr graue Wolken sammelten sich an einer Stelle des Himmels. Sie hoffte, dass es erst gegen Abend Regen geben würde, wenn wir alle wieder zu Hause sein würden.

Theo schnappte sich die Schläger und den Federball aus dem großen Picknickkorb, überreichte David einen Schläger und ging fünf große Schritte rückwärts, um einen angemessenen Abstand zum Spielen zu schaffen.

»So, ich fange an mit Aufschlagen«, entschied Theo schließlich und begann mit Elan den Federball abzufeuern. Angetan beobachtete Hannah das muntere Treiben zwischen Vater und Sohn im Gras. Ich rückte näher an sie heran, legte einen Arm um ihre Schulter und schenkte ihr ein schiefes Lächeln. Meine Augen fixierten nun wieder den in die Luft fliegenden Federball, der regelrecht tänzelte – wenn er nicht zu Boden fiel. Herr Bender war nicht direkt eine Sportskanone. Wenn der Ball nicht geradewegs in seine Richtung gespielt wurde, erwischte er ihn auch nicht. Alle anderen Schläge bedeuteten für Theo Keuchen und Schwitzen und waren quasi unmöglich für ihn. David freute sich jedenfalls über seinen ohne Zweifel bevorstehenden Sieg.

»Mando, ich muss etwas mit dir besprechen«, riss mich Hannah nach einigen Minuten aus meiner amüsierten Beobachtung.

Ich blickte wieder zu ihr auf.

»Du musst mir morgen im Bistro nicht wieder stundenlang hinterherlaufen. Das ist wirklich nicht nötig.« Eingehend sah sie mich an und fuhr dann fort. »In der Zeit kannst du spazieren gehen, mit David spielen oder etwas anderes machen, was du magst«, beendete sie ihren Satz mit zusammengepressten Lippen. Sie sah so süß aus, wenn sie besonders ernst wirken wollte.

»Nein, Hannah, ich habe dir gesagt, dass ich auf dich aufpassen und dir nicht von der Seite weichen werde und das tue ich auch weiterhin«, ließ ich bestimmt verlauten und fing ihren Blick auf.

Wir erhoben uns von der Decke und gingen ein paar Schritte bis zum nächsten Baum. David und Herr Bender waren noch in ihr Spiel vertieft.

»Mir macht das wirklich nichts aus, Hannah. Außerdem kriege ich ohnehin nie genug von deiner Nähe«, sagte ich und drückte ihr einen Kuss auf die Stirn. Sie schloss daraufhin ihre Augen und schenkte mir ein bezauberndes Lächeln. Dann verspürte ich plötzlich so ein merkwürdiges Kratzen im Hals, ich musste husten und keuchen, da ich keine Luft mehr bekam. Ich hielt mich angestrengt an der Eiche neben uns fest und versuchte diesen eigenartigen Hustenreiz in Schach zu halten.

»Mando! Was hast du? Alles in Ordnung?«, wollte Hannah von mir wissen und hielt mich besorgt an den Oberarmen fest. Gerade, als der Husten halbwegs vorüber war, wurde mir schwindelig. Ich hockte mich augenblicklich ins Gras und fuhr mir mit beiden Händen durchs Gesicht.

Hannah wurde panisch. »Hey, was hast du?«

»Ich weiß es nicht«, entgegnete ich auf ihre Frage. Ein wenig erschöpft lehnte ich meinen Rücken an den Baumstamm und versuchte tief ein- und auszuatmen. Dicht neben mir kniend schaute Hannah mich fassungslos und angsterfüllt an.

»Was war das denn gerade? Wie geht es dir?«

Ja, was war das gerade? Wenn ich das wüsste, ratterte es in meinem Kopf. Ich wusste natürlich schon, was Husten war, wie sich so etwas in etwa anfühlte, da ja auch die Kinder, die ich begleitete, mal krank wurden. Schwindelgefühle kannte ich ansonsten nur aus Situationen, wenn ich mich mit einem meiner Schützlinge zu oft gedreht hatte. Aber dieses Mal drehte sich alles ganz von allein. Ich konnte mir keinen Reim darauf machen.

»Es geht schon wieder«, antwortete ich und stand vorsichtig wieder auf. Derweil hielt Hannah mich weiterhin krampfhaft fest.

»Geht es wirklich?«, fragte sie erneut nach und bedachte mich weiterhin mit diesem sorgenvollen Gesichtsausdruck.

»Ja, es war nur ein bisschen Husten, weiter nichts«, versuchte ich die ganze Sache soweit herunterzuspielen, wie es ging. Ich warf einen schnellen Seitenblick auf David und Theo. »Die beiden sind sicher gleich fertig mit ihrem Spiel. Wir sollten zurück auf die Decke gehen«, drängte ich schließlich.

Kapitel 26

Es war ein stürmischer Morgen im Oktober. Ich saß auf dem Stuhl direkt am Fenster und beobachtete, wie der starke, kräftige Wind durch die bereits kahlen Bäume peitschte. Hannah lag noch im Bett und schlief. Es war ja auch erst sechs Uhr und draußen noch dunkel. Ich sollte sie um sieben Uhr wecken, darum hatte sie mich gestern gebeten. Heute war zwar ihr freier Tag, doch Hannah wollte unbedingt mit Theo und David zusammen frühstücken, bevor diese zur Schule aufbrechen würden.

In den vergangenen Tagen war ich diesen hartnäckigen Husten nicht losgeworden. So plötzlich wie er immer auftauchte, verschwand er auch wieder. Aber ich hatte diese Anfälle regelmäßig und das gab mir zu denken. Bondondos wurden nie krank! Wir kennen überhaupt keine Krankheiten. Ich musste zugeben, dass mir die ganze Sache ein wenig Angst machte.

Hannah ging es genauso. Jedes Mal, wenn mich so ein Husten befiel, schreckte sie auf, streckte augenblicklich die Hand nach mir aus. In diesen Momenten war es ihr auch egal, ob wir uns irgendwo in der Öffentlichkeit befanden und die Leute sie merkwürdig anschauten. Ich hatte versucht, sie, so gut es ging, zu beruhigen, indem ich ihr gesagt hatte, dass es doch nur Husten sei und sicherlich bald vollkommen verschwunden wäre. Doch ich wusste, dass mehr dahinter steckte, dass irgendetwas mit mir geschah.

Ich wurde von Tag zu Tag kraftloser und blasser. Es war so, als würde mir etwas die Energie rauben. Der siebte Schlag der Kirchturmuhr ertönte. Ich sprang von meinem Stuhl auf, beugte mich über Hannahs Bett und drückte ihr einen sanften Kuss auf den Mund. Ein leises Stöhnen war zu hören, ehe sie die Augen aufschlug, ihre Arme um meinen Hals schlang und mich zu sich ins Bett zog.

»Hey!«, protestierte ich grinsend. »Ich dachte, du wolltest jetzt aufstehen.«

Hannah lächelte mich noch ein wenig verschlafen an und meinte: »Ich möchte vorher noch ein bisschen mit dir im Bett kuscheln. Ich werde mich dann eben später ein bisschen beeilen müssen.«

Ich spürte diese unbändige Hitze und dieses Kribbeln am ganzen Körper. Wieder einmal war es wie ein Rausch, in den nur sie mich versetzen konnte. Temperamentvoll begann ich sie zu küssen, fuhr mit meinen Händen durch ihr sanftes, weiches Haar, sog den Duft von Sandelholz, der darin lag, ganz tief ein. Eng umschlungen lagen wir eine Zeit lang einfach so da. Ich hätte auch den ganzen Tag hier zusammen mit ihr im Bett verbringen können, schoss es mir durch den Kopf. In diesem Moment seufzte sie.

»Ich muss mich jetzt leider fertig machen. Wenn ich jetzt nicht

194

aufstehe, müssen David und Theo ohne mich frühstücken.«

Ich ließ nur einen kleinen enttäuschten Laut erklingen und gab sie frei. Hannah erhob sich, drehte sich noch einmal kurz zu mir um, warf mir einen Handkuss zu und steuerte dann das Badezimmer an, das nebenan lag.

Nach Hannahs gemeinsamem Frühstück mit David und Theo – die beiden waren längst in der Schule – unternahmen wir zwei einen kleinen Stadtbummel in Bad Cannstatts Geschäftsstraßen. Hannah brauchte neue Turnschuhe, da ihre alten so gut wie abgelaufen waren. Außerdem wollte sie sich nach einem kleinen Geschenk für Theo umschauen, als Dankeschön sozusagen, dass er sie bei sich aufgenommen hatte. Im Grunde war sie schließlich nichts anderes als eine völlig Fremde gewesen. In bester Stimmung schlenderten wir durch die Geschäftsstraßen. Hannah redete mit mir und es war ihr egal, dass sie von vorbeigehenden Menschen angestarrt wurde.

»Ich weiß nicht, was genau ich Theo kaufen soll. Eine Kleinigkeit für David muss ich auch besorgen«, sagte sie nachdenklich zu mir.

»Für David hätte ich schon eine gute Idee«, erwiderte ich und sah sie vielsagend an.

»Okay, lass hören!«

»David steht total auf den ganzen Superheldenkram : Spiderman, Ironman und so weiter. So ein Comic wäre, denke ich, eine coole Sa-

195

che für ihn.«

»Ja, das ist eine gute Idee! Und für Theo?«

»Mmh … Er trägt immer Anzüge. Wie wäre es mit einer Krawatte?«

»Ich weiß nicht …« Hannah zog die Stirn kraus.

Wir bogen in die nächste Seitenstraße ein. Schaufenster soweit das Auge reichte. Fein dekoriert mit ausgestelltem Schmuck, Spielsachen, Textilien, Süßigkeiten und allem, was man sich wünschen konnte. Hannah hatte die freie Auswahl. Dann machte sie plötzlich vor einem Uhrengeschäft Halt.

»Was meinst du, Mando, könnte Theo so eine Uhr gefallen?« Sie zeigte auf eine silbern umrandete Lederarmbanduhr.

»Hast du mal auf den Preis geschaut?«, fragte ich und tippte auf die Glasscheibe über dem Preisschild. Die Uhr kostete siebzig Euro.

»Das ist schon in Ordnung. Theo war so großzügig zu mir«, konterte Hannah energisch, betrat dann das Geschäft und kaufte die Uhr.

Selbstzufrieden wanderte Hannah dann zusammen mit mir zurück nach Hause, als sie die Geschenke für David und Theo sowie ihre Turnschuhe im Gepäck hatte. Gut gelaunt zwinkerte sie mir zu, holte den Spiderman-Comic aus ihrer Tasche hervor und hielt ihn mir jetzt bestimmt schon zum dritten Mal unter die Nase.

»Und du bist sicher, dass David dieses Heft gefallen wird?«

»Hannah, zum dritten und letzten Mal, ja!«, flachste ich und packte sie beherzt an den Schultern, während wir an der nächste Kreuzung abbogen.

»David steht total auf Spiderman. Ich als sein Freund muss es wissen«, fuhr ich fort.

»Ist ja schon gut«, entgegnete sie und schnappte nach meiner Hand. Dann merkte ich, wie alles um mich herum plötzlich schwarz wurde und ich zu Boden fiel. Einfach so.

»Mando, Mando!«

Ich bekam noch mit, wie Hannah nach mir rief, sich über mich beugte, meinen Kopf anhob und auch, wie sie meinen Wangen leichte Ohrfeigen verpasste. Doch ich schaffte es in diesem Augenblick nicht, wieder richtig zu mir zu kommen. Mitten auf der Straße kniete meine Hannah über mir, schrie mich verzweifelt an und ignorierte das Gaffen der Fußgänger um sie herum. Ich war wie in Watte gepackt und gleichzeitig gelähmt. Die Geräusche um mich herum, Hannahs Rufe, das alles nahm ich nur gedämpft war. Dann verlor ich das Bewusstsein ...

Ich fand mich in einem großen, leeren Zimmer mit rosafarbenen Wänden wieder. Rosa war die Lieblingsfarbe der Bondondos. Das Zimmer war allerdings verschlossen, denn ich erspähte nirgends eine Türklinke oder einen Türknauf. Ich hörte Schreie. Es waren die Hilferufe von Kindern. Sie riefen nach mir, alle gleichzeitig im Chor: »Mando, Mando!« Je lauter diese Rufe erklangen, desto panischer

wurde ich. Ich wollte zu ihnen und hämmerte wie wild gegen die
Wände. Jedoch ohne Erfolg. Sie blieben verschlossen.

»Mando, Mando!«, hörte ich nun wieder klar und deutlich die
liebliche Stimme meiner Hannah.

Ich schlug die Augen auf. Sogleich fiel Hannah mir weinend um
den Hals.

»Du lebst! Gott sei Dank! Ich hatte solche Angst um dich!«

Ich verzog das Gesicht, kratzte mich ein wenig benommen am
Hinterkopf, setzte mich aus meiner liegenden Haltung nun wieder in
die Hocke, griff nach meinem Hut, der neben mir auf dem Boden lag
und setzte ihn mir auf. »So ein Quatsch! Bondondos sterben doch
nicht«, sagte ich.

Kapitel 27

Ich seufzte tief, zog die Bettdecke von meinen Armen und setzte mich auf. »Es geht mir wieder gut, Hannah. Ich brauche keine Bettruhe, wirklich nicht!«, versicherte ich ein wenig genervt.

Natürlich machte sie sich Sorgen um mich. Verständlich. Nach meinem kleinen Zusammenbruch ging es mir jedoch von einer Sekunde auf die andere wieder blendend. Hannah und ich waren nach Hause gegangen und daraufhin hatte sie mich sofort in ihr Bett gesteckt.

»Keine Widerrede! Du bist krank und brauchst Ruhe!«, ließ sie bestimmt verlauten und drückte mich einfach in mein Kissen zurück.

»Ich weiß zwar nicht, was das war, aber es kann keine Krankheit sein, denn ich bin noch nie krank gewesen, keiner Meinesgleichen.«

Hannah schnaubte. »Und was ist mit deinen immer wiederkehrenden Hustenanfällen? Es nützt nichts, die Augen davor zu verschließen«, erklärte sie energisch, setzte sich auf die Bettkante und legte eine Hand auf meine Stirn. »Fieber hast du auch nicht«, stellte sie nun mit ernster Miene fest.

»Nein. Natürlich nicht. Wie ich schon sagte ...«

»Ja, ja, ist ja schon gut. Ich mache mir doch bloß Sorgen.«

Ich setzte ein gezwungenes Lächeln auf, griff nach ihrer Hand.

»Glaub mir, das wird schon wieder.«

Ich wusste genau, was mir fehlte, beschloss aber Hannah gegenüber nichts zu erwähnen. Mir war bewusst, sie brauchte mich. Und ich brauchte sie ja ebenso, weil sie alles für mich geworden war. Allerdings war mir meine Nahrung schon ziemlich lange verwehrt geblieben. Bondondos benötigen den Glauben der Kinder, die in Not sind. Unsere Existenz ist davon abhängig, ihnen zu helfen. Ich spürte, es gab so viele Kinder, die gerade dringend meine Hilfe ersehnten. Sie alle zu ignorieren war ziemlich schwierig für mich und die Konsequenz war nun also mein Zusammenbruch gewesen, wie auch mein Husten. Ja, eigentlich konnte man es in gewisser Weise schon als Krankheit bezeichnen, dachte ich.

»Ich werde jetzt nach unten gehen und Susanne mit dem Mittagessen helfen. Theo und David werden gleich zu Hause sein. Ich komme später wieder, um nach dir zu schauen. Meinst du, du kannst in der Zwischenzeit einfach im Bett liegen und nichts tun? Mir zuliebe?«, bat Hannah mich eindringlich. Ihre großen rehbraunen Augen durchdrangen mich regelrecht. Ich setzte einen Mundwinkel schief und antwortete: »In Ordnung.«

»Versprochen?« Schon wieder ihr ernster Blick.

»Versprochen.«

Ich freute mich, David am frühen Nachmittag zu sehen. Hannah hatte ihm erzählt, ich sei krank. Ich hasste dieses Wort! Er kam zusammen mit ihr nach oben, um nach mir zu sehen.

»Wie geht es dir jetzt, Mando?«, wollte der Junge von mir wissen und sprang mit einem Satz zu mir ins Bett.

»Hey Kumpel! Mir geht es wieder richtig gut. Weißt du, das war nur etwas Schwindel und haut noch lange keinen Bondondo um«, scherzte ich und setzte mich sogleich auf.

»Willst du mal den Comic sehen, den Hannah mir geschenkt hat?«

»Ja, zeig mal her«, sagte ich, fasste mit einer Hand nach meinem Hut, der sich auf dem Nachttisch befand und setzte ihn mir auf.

David zeigte mir stolz die Anfangsseiten seines spannenden Spiderman-Comics. Es war die Ausgabe, in der Peter Parker seine Superkräfte entdeckte. Hin und wieder warf ich einen Blick auf Hannah, die abseits auf einem Stuhl saß und uns beobachtete. Ich erkannte nach wie vor die Sorgenfalten auf ihrer Stirn. Zugegebenermaßen fühlte ich mich noch ein wenig schlapp. Nichtsdestotrotz stand ich dann endlich wieder auf. Ich hielt es für unsinnig und total langweilig, den ganzen Tag im Bett zu verbringen. Ich wollte mit David spielen, einfach wieder durch die Gegend flitzen. Hannah seufzte vorwurfsvoll und blitzte mich tadelnd an.

»Was?«, sagte ich und grinste sie neckisch an.

»Ich werde jetzt mit David spielen«, entschied ich, hielt weiterhin ihrem skeptischen Gesichtsausdruck stand und hörte den Jungen rufen: »Oh, ja!«

Augenblicklich schnappte er nach meiner Hand, um mich in sein Zimmer zu zerren.

»Ach, wie hat Theo denn die Uhr gefallen?«, warf ich Hannah beim Rausgehen noch schnell hinterher, um sie auf andere Gedanken zu bringen.

»Gut, er hat sich sehr darüber gefreut«, gab sie knapp zur Antwort.

Während David und ich vergnügt seine Lieblingsszenen aus dem Comic nachstellten, ging Hannah nach unten und leistete Theo derweil ein bisschen Gesellschaft. Dieser saß mit ausgestreckten Beinen auf dem Sofa und blätterte seine Zeitung durch. Als sie sich auf den Sessel gegenüber plumpsen ließ, streckte er seine Nase aus den Seiten heraus und schaute zu ihr auf.

»Na, was macht David?«

»Er liest gerade seinen neuen Comic«, erklärte Hannah.

»Mmh …«, brummte Herr Bender, legte dann seine Zeitung beiseite und blickte Hannah aus ruhigen Augen an. »Ich wollte dir schon lange sagen, dass ich froh bin, dass du zu uns gestoßen bist. David ist seitdem viel glücklicher und ich bin es auch. Du bist eben seine Mutter und ein Teil unserer Familie geworden.«

Hannahs Augen wurden glasig. Vor Rührung hätte sie beinahe

angefangen zu weinen, aber sie schluckte den Kloß, der sich in ihrem Hals breit zu machen drohte, wieder hinunter. »Danke! Danke für diese wunderbaren und lieben Worte, Theo. Das bedeutet mir so unheimlich viel. Ich …«

»Mama, komm schnell nach oben!«, schnitt Davids plötzliches Gebrüll Hannah das Wort ab. Panisch kam der Junge die Treppe zu ihr ins Wohnzimmer gepoltert. Vor Schreck setzte Hannahs Herz einen Schlag aus.

»Was ist los?«

»Mando! Er ist einfach umgefallen.«

»Mando? Wer ist Mando?«, wollte Theo verwundert wissen.

Ohne ein Wort der Erklärung hechtete Hannah zusammen mit David die Treppe zu seinem Zimmer nach oben. In dem Moment, als Hannah mich bewusstlos auf dem Boden liegen sah, schmiss sie sich ruckartig zu mir nach unten, schüttelte meine Arme, die leblos neben mir lagen.

»Mando, bitte wach auf!«, flehte sie.

»Als wir gespielt haben, ist er auf einmal umgefallen. Was ist mit ihm?«, fragte David mit zitternder Stimme.

»Mein Schatz, Mando ist krank.«

Nun erklangen Schritte im Flur und die Tür ging auf. Überrascht sah sich Herr Bender im Kinderzimmer um und bemerkte, wie David und seine Mutter fassungslos auf dem Boden knieten und mit ihren Händen in die Luft griffen.

»Was zum Henker ist hier überhaupt los? Würde mir das bitte mal einer erklären?«

Hannah holte tief Luft und schluckte schwer, ehe sie sprach. »Theo, ich schwöre dir, ich werde dir hinterher alles erklären. Bitte stell jetzt keine Fragen und fahr uns zum nächsten Krankenhaus!«

»Ist etwas mit David?«, wollte Herr Bender wissen.

»Nein, mit David und mir hat das nichts zu tun.«

Theo war sichtlich verwirrt. Dennoch kam er Hannahs Bitte nach. »In Ordnung. Ich hole den Wagen aus der Garage. Seid in zwei Minuten draußen«, sagte er und machte sich auf.

Erneut holte Hannah tief Luft, atmete ihre Tränen fort und wandte sich ihrem Sohn zu. »David, wir beide müssen jetzt versuchen, Mando nach unten ins Auto zu tragen. Meinst du, wir kriegen das hin?«, fragte sie aufgeregt, strich mir sanft über die Wange und setzte sich meinen Hut auf, der auf dem Boden lag. Es kostete die beiden ein hartes Stück Arbeit, mich die Treppe nach unten bis zum Auto zu hieven. Hannah hielt mich an den Oberarmen fest, David fasste nach meinen Füßen. Keuchend beförderten sie mich schließlich auf die Rückbank des Kombis. Theo saß bereits am Steuer. Ihm fiel bei dem Anblick, wie sein Sohn und Hannah schnaufend und gebückt mit verzerrten Mienen, rudernden Händen und krampfhaft angezogenen Fingern die Kinnlade runter. Urplötzlich wurde er ganz bleich.

»David, du sitzt vorn bei deinem Vater. Ich gehe nach hinten zu ihm«, beschloss Hannah rasch.

»Zu ihm?«, wiederholte Herr Bender ungläubig, riss seine Augen auf, drehte sich zur Rückbank um und stellte daraufhin fest, dass diese komplett menschenleer war, niemand war zu sehen. Niemand außer seinem Sohn und Hannah.

»Bitte Theo, keine Fragen! Ich bitte dich, fahr los!« Herr Bender wusste selbst nicht genau, warum er dieses Spielchen mitspielte, doch er tat, wie ihm geheißen und fuhr los.

»Muss Mando operiert werden, Mama?«, fragte David und drehte sich zu seiner Mutter um.

»Nein, mein Schatz. Mando braucht etwas anderes, vor dem ich viel zu lange die Augen verschlossen habe.«

»Wer ist Mando? Bitte, nur diese eine Frage müsst ihr beiden mir jetzt beantworten!«, drängte Herr Bender nun unruhig mit zusammengebissenen Zähnen, während er die nächste Autobahn ansteuerte. Er konnte selbst nicht glauben, dass er gerade diese Frage stellte, denn er hatte so eine Ahnung, dass er keine ihn auch nur halbwegs beruhigende oder zufriedenstellende Antwort erhalten würde, nichts, was Davids und Hannahs sonderbares Verhalten rechtfertigen würde.

»Mando ist mein Freund und er ist krank«, entgegnete David.

Energisch begann Theo mit dem Kopf zu schütteln.

»Es geht hier um einen Fantasiefreund von David?«, stellte er nun fassungslos und schnaubend fest.

»Junge, wie oft habe ich dir gesagt, dass du langsam damit anfangen musst, erwachsen zu werden. So etwas gibt es nicht! Hannah, dass du bei diesem Zirkus mitmachst, hätte ich nicht gedacht. Ich werde jetzt wieder umdrehen und zurück nach Hause fahren«, erklärte Theo mit wütendem Unterton in der Stimme.

»Nein«, widersprach Hannah, »Mando existiert wirklich. Er war einst auch mein Beschützer, bevor er auf David aufgepasst hat. Er war es auch, der David und mich zusammengebracht hat.«

»Das klingt einfach nur total verrückt«, schlussfolgerte Theo entgeistert.

»Bitte, Theo, ich flehe dich an, fahr zum nächsten Krankenhaus! Es geht um sein Leben!«, bettelte Hannah unter Tränen.

»Bitte Papa, rette Mando!«

Herr Bender pustete nervös vor sich hin, biss sich auf die Unterlippe und begann einen Kampf mit sich auszutragen. Eindeutig überstimmt, jedoch mit einem flauen Gefühl im Magen setzte er seinen Weg zum Klinikum Stuttgart fort. Hannah fasste nach meiner Hand, legte ihren Mund an mein Ohr. Sie wollte mir etwas zuflüstern, mir etwas mitteilen.

»Mando, das ist alles meine Schuld! Ich war zu egoistisch, um dich wieder loszulassen. Ich habe dich doch schon einmal verloren! Ich muss dir etwas gestehen: Der Brief von Paul, der war überhaupt nicht von ihm. Ich selbst habe ihn verfasst. Ich wollte damit erreichen, dass du bei mir bleibst. Ich wusste, dass du mich nicht verlassen könntest, solange du glaubtest, ich sei in Gefahr.«

Hannah brach ihren Satz ab, schniefte, ehe sie weiter flüsterte.

»Ich habe dich belogen. Bitte verzeih mir! Ich hab das nur getan, weil ich dich so sehr liebe, Mando! Doch wenn dir etwas geschieht, werde ich mir das nie verzeihen. Bitte, bitte halt durch!«

Kapitel 28

Vor dem Klinikum parkte Theo schließlich auf einem der leeren Parkplätze. Es war bereits früher Abend. Schnaubend hielt er inne, fasste sich an seine Glatze, zählte die Schweißperlen, die sich darauf gebildet hatten, ehe er sich schlussendlich zu Hannah umdrehte.

»Was kommt jetzt? Was hast du jetzt vor? Etwa einen imaginären Arzt aufsuchen?«

Ohne auf Theos Fragen einzugehen, sah Hannah entschlossen ihren Sohn an. »David, komm rüber zu Mando. Ich werde schnell ein Transportmittel organisieren und gleich wieder zurück sein«, forderte sie ihren Sohn auf, stieg auch schon aus dem Wagen und sprintete Richtung Krankenhausempfang.

»Oh Mann, ich fasse nicht, dass ich bei so einem Schwachsinn mitmache«, murmelte Herr Bender verärgert.

Nach wenigen Minuten kam Hannah dann mit einem Rollstuhl zurück, den sie mit beiden Händen vor sich herschob und zog die Hintertür des Kombis auf. Völlig resigniert ließ Theo nun seinen Kopf aufs Steuer sinken, so dass die Hupe ertönte.

»Hannah, langsam reicht es! Ich weiß nicht, was du damit erreichen willst, aber ...«

»Theo, du hast verlernt zu glauben, so wie du es als Kind getan hast. Vielleicht hattest du ja auch so jemanden wie Mando als Freund. Du kannst dich nur nicht mehr daran erinnern. Bitte mach uns keine Vorwürfe mehr und versuch einfach zu glauben. Bitte!«

Mit diesen Worten schlängelte sich Hannah an David vorbei, der zwischenzeitlich auf die Rückbank geklettert war. »David, du nimmst seine Füße, ich seine Schultern. Wir müssen ihn in den Rollstuhl befördern.«

Angestrengt zog der Junge an den Füßen, Hannah schob meinen Oberkörper nach draußen und manövrierte mich schlussendlich mit Ach und Krach in den Rollstuhl. Mit gesenktem Kopf saß ich nun darin. Theo fehlten ganz einfach die Worte. Dennoch musste wenigstens ein kleiner Teil von ihm an mich glauben, denn sonst wäre er doch längst umgekehrt. Nachdenklich ließ er alles Weitere einfach geschehen.

Hannah und David erreichten den Fahrstuhl. Eilig betätigte Hannah den Knopf zur dritten Etage – der Kinderstation.

»Was hast du vor?«, wollte ihr Sohn nun wissen. Noch immer hielt er meinen Oberkörper fest, damit ich nicht aus dem Rollstuhl fiel.

»Mando hat es mir irgendwann einmal erklärt. Seine einzige Nahrung sind der Glaube der Kinder und die Hilfe, die er ihnen gibt.

209

Genau das braucht er, sonst kann er nicht existieren, verstehst du?«

David nickte. Sie stiegen aus, passierten den großen Flur der Kinderstation, vorbei an den neugierigen Blicke der Besucher, an denen sie vorbei liefen und die sich über dieses merkwürdige Bild wunderten: ein Junge, der seine Hände eigenartig verdreht in einem Rollstuhl hielt, ohne diesen jedoch wirklich zu berühren und eine Frau, die diesen Rollstuhl vor sich her schob.

»Mando«, sagte Hannah und wandte sich wieder mir zu. »Du musst hier irgendetwas spüren. Irgendeines der Kinder in diesem Krankenhaus, ein ganz bestimmtes, braucht sicherlich deine Hilfe, das hoffe ich jedenfalls!«

Zugegeben, das war schon recht vage zu vermuten. Natürlich hätte sie sich kaum einen wahrscheinlicheren Ort aussuchen können, um ein Schützling für mich zu finden, doch genauso gut konnte es auch sein, dass keines der Kinder auf der Station diesen Hilferuf in sich trug. Es war sozusagen reine Glückssache. Hannah hoffte ganz einfach inständig, dass es funktionieren würde, denn einen Plan B hatte sie leider nicht. Theo würde wohl kaum mit ihr zusammen sämtliche Kinder- und Jugendheime abklappern.

»Los, wach auf! Komm schon!«, redete sie weiter flehend auf mich ein. Zu ihrer Enttäuschung geschah nichts. »Bitte, Mando! Wach endlich auf! Du kannst gehen, ich lasse dich los. Ich will, dass du lebst!«

Und dann war es urplötzlich wieder da, dieses Pochen und Ste-

chen in meiner Brust. Mein Sucher-Finder-Schmerz, ich spürte ihn.
Er rüttelte mich schließlich wach, ließ mich regelrecht aufschrecken,
so als sei mir neues Leben eingehaucht worden.

»Mando ist wieder aufgewacht!«, hörte ich David jubeln.

Hannah ließ vom Rollstuhl ab und beugte sich zu mir vor. »Gott
sei Dank! Du bist zurück!« Völlig erleichtert und überglücklich
schlang sie ihre Arme um meinen Hals.

»Es tut mir alles so leid. Bitte verzeih mir!«

»Ich habe alles mitbekommen, was du gesagt hast, Hannah und
es gibt nichts zu verzeihen«, sagte ich und betrachtete sie eingehend.
»Ich liebe dich ebenso sehr, wie du mich und ein Teil von mir würde
so unsagbar gern auf ewig an deiner Seite verweilen. Doch der Bondondo in mir muss weiterziehen.«

Ganz fest drückte Hannah ihre Stirn gegen meine. Ich spürte ihre
warmen Tränen an meiner Haut abperlen. Sie glitten an meinen Lippen hinab. Sie schmeckten salzig. Dann küsste ich sie zärtlich.

David reagierte schnell, baute sich so gut es ihm möglich war,
vor uns auf, um uns vor schaulustigen Blicken abzuschirmen – oder
viel mehr Hannah. Ich stand nun auf, zog Hannah mit mir nach oben,
streichelte ihre Wangen. In diesem Moment nahm ich das Pochen
und Stechen in mir nicht ganz so stark war. Ich war auf sie fixiert: ihr
liebliches Gesicht, mein Rettungsanker. Ihr ganzes Wesen war schon
immer Magie für mich gewesen.

»Danke, Hannah, dass du mich gerettet hast.«

»Dein Schützling ist hier ganz in der Nähe, oder?«

Ich nickte.

Hannah seufzte und sah mich mit großen Augen an. »Dann solltest du wohl jetzt besser zu ihm gehen.«

Ich atmete tief ein, als sie mir meinen Hut aufsetzte. Es fiel mir so unglaublich schwer sie zu verlassen. Wir beide wussten, dass es diesmal für immer sein würde.

Ich duckte mich zu David runter, tätschelte seinen Kopf und sagte: »Leb wohl, David, mein Freund. Bitte pass auf deine Mutter auf, ja?«

»Ja, das werde ich. Leb wohl, Mando«, antwortete David traurig.

Noch ein letztes Mal strich ich über Hannahs Gesicht, sah ihr tief in die Augen. »Du wirst immer meine Hannah bleiben«, sagte ich.

Dann wandte ich mich ab und folgte, ohne mich noch einmal umzudrehen, dem Ruf in mir, der mich direkt zu meinem nächsten Schützling führen würde.